Vous rêve[...]
d'un p[...]

C'est l'aventu[...]
les éditio[...]
Prix du Meilleur Roman des lecteurs de POINTS !

D'août 2013 à juin 2014, un jury composé de 40 lecteurs et de 20 libraires recevra à domicile 10 romans récemment publiés par les éditions Points et votera pour élire le meilleur d'entre eux. Le jury sera présidé par l'écrivain Agnès Desarthe.

Pour rejoindre le jury, déposez votre candidature sur **www.prixdumeilleurroman.com.** Les inscriptions sont ouvertes jusqu'au 31 octobre 2013.

Le Prix du Meilleur Roman des lecteurs de POINTS, c'est un prix littéraire dont vous, lectrices et lecteurs, désignez le lauréat en toute liberté.

Plus d'information sur
www.prixdumeilleurroman.com

Véronique Ovaldé, née en 1972, vit et travaille à Paris. Elle est l'auteur de plusieurs romans, dont *Toutes choses scintillant*, *Déloger l'animal*, *Et mon cœur transparent*, et d'un album pour la jeunesse *La Très Petite Zébuline*. Elle a obtenu le prix du Roman France Télévisions, le prix Renaudot des lycéens et le Grand Prix des lectrices de Elle pour *Ce que je sais de Vera Candida*. Elle a publié *La Grâce des brigands* en 2013.

Le Sommeil des poissons est son premier roman.

Véronique Ovaldé

LE SOMMEIL DES POISSONS

ROMAN

Éditions du Seuil

TEXTE INTÉGRAL

ISBN 978-2-7578-3637-8
(ISBN 2-02-039605-X, 1re publication)

1

L'été, sous le mont Tonnerre, est une longue saison de tambour et d'hébétude. Les petits sont dehors et se chamaillent en criailleries aiguës. Les plus jeunes gravissent le mont, se mettent en boule et roulent comme des cailloux jusqu'en bas, débargoulant à toute allure en glapissant. Ronds comme des porcs-épics, ils tournent et tournent dans un grand bruit d'apocalypse.

Ils se blessent parfois, et laissent en chemin des lambeaux de chair minuscule, ou demeurent pour la vie toujours-toujours marqués tatoués par la plante vinotente.

En son temps, la mano triste du mont – celle qui habite dans la maison à courants d'air tout là-haut, qui vit seule et se défend seule contre les bestioles à quinze pattes – avait comme eux débargoulé le mont dans un nuage ensablé ; elle possédait des yeux comme des pierres et le rire plus hoquetant que celui de tous les gueuniards. La mano avait fini par atterrir en bas, le corps cailloux et poussière, la plante vinotente agrippée au visage. Inutile de vouloir ôter sa marque, avaient dit les madous de Tonnerre. Tu l'as, tu l'auras. La vinotente, si vous vous y frottiez, ventousait votre chair et y laissait son empreinte avant que vous n'ayez pu l'en arracher. Ainsi la marque sur le visage de la mano avait pris la forme d'une racine, puis d'une main, et d'une étoile. Elle montait sur le front, se perdait dans les cheveux, glissait sur l'oreille, évitait l'œil – l'encerclant d'un éclat pâle –, déchirait la bouche et donnait à sa joue une teinte rouge sombre. La mano avait frotté et frotté mais la marque – tu l'as, tu l'auras – était restée. Rien n'y avait fait.

Depuis, le sourire de la mano s'était déformé toujours davantage, plus émouvant et plus doux à chaque été, se rapprochant imperceptiblement d'un sanglot.

La mano avait grandi, corps liane et jambes de siffleuse ; elle tissait présentement de la soie, la peignait, l'emmenait à la ville et la vendait pas trop mal. Elle avait assez pour vivre seule et habiter la grande maison en haut du mont, parlant peu et restant assise sur le seuil de sa porte, souriant aux gens de Tonnerre qui passaient devant chez elle pour aller jusqu'au fleuve.

Quand la pluie venait, la mano était en proie à la maladie grise. Elle se retrouvait alors à errer dans sa maison en claquant des pieds pour faire de l'écho et se croire moins seule. Il lui arrivait de vouloir allumer la radio alors qu'elle grésillait déjà bien fort. On l'entendait du chemin par-delà le chuchotement de la pluie sur les arbres. Elle l'éteignait alors brusquement, tout entière aux aguets, embusquée dans son antre, outillée contre l'imprévu – on ne sait jamais qui peut arriver dans votre dos un jour de boue et de vent. Quand la maladie grise vous coince et vous malmène, seules les petites terreurs du jour comblent le vide.

Tout au long de sa molle attente du soleil, la mano peignait de sinueuses langues noires sur ses écharpes en soie, elle chantonnait – et le propre bruit de sa voix, si mort et si fragile, la faisait pleurnicher –, elle essayait de ne pas rester immobile, car elle savait qu'il n'y a rien de plus simple et de plus destructeur que d'abandonner la lutte, attendre que quelque chose survienne, tout en se transformant en pierre, atteindre l'inertie minérale et rester immobile, immobile, en croyant laisser le moins de prise possible au temps… La belle savait que c'était le fléau de la maladie grise, qu'il fallait justement s'agiter, dormir moins, quitte à sortir marcher sous la pluie vaincre la boue, revenir dans la grande maison à courants d'air et faire couler le bain chaud dans la faïence blanche et, même là, ne pas rester immobile, bouger, se frotter et manger les petites choses épicées disposées à intervalles obstinés sur le bord de la baignoire, de la plus grosse à la plus petite gourmandise. Il fallait ne pas plonger à l'intérieur de ses propres entrailles, ne pas toucher son propre corps (sinon cette chair seule vous empoignait et vous faisait pleurer), ne pas se regarder dans le miroir (ou alors juste avec de beaux habits sombres), se juger sans dégoût (je ne suis que ça ?) et sans regret (et ça ne sert qu'à ça ?).

À Tonnerre, la mort-bounta revient à chaque saison pluvieuse. Elle disparaît l'été ; la mort ne vient pas pendant la saison douce et sucrée, pendant la saison qui s'étend et se prélasse, qui bouge son cul dans le sable pour s'y caler en se laissant effleurer par le vent du mont. Non, la bounta vient avec la pluie. Elle s'insinue dans vos os et il n'y a plus rien à faire. Elle autopsie votre corps encore vivant. C'est une pourriture qui vous prend là quand l'eau et les bestioles qui piquent reviennent. Les vieilles madous y échappent rarement. Elles attendent la saison triste avec une résignation de guerrières outragées mais, dès qu'elles voient de nouveau bourgeonner les fleurs de mangouviers, dès que la pluie enfin s'étire en pissade, elles savent qu'elles ont passé le gué et elles font la fête et dansent et épuisent presque leurs forces de vieilles madous. Elles ont alors tout l'été devant elles. Personne au mont Tonnerre n'aurait la mauvaise idée de ne pas voir la fin de l'été. Ce serait un si terrible sacrilège que la madou-madou rouge jetterait sur l'impudent ses sorts et ses tours, ses ensorcellements de grande madou. Et le mort insolent serait doublement mort.

Pour éviter de tels écarts mauvais et pour lutter contre la maladie grise, la madou-madou rouge – madou surveillante du mont Tonnerre, des tracasseries et de la montée des eaux, madou tenant registre des naissances et des morts pendant la saison, madou-décideuse – prend tout son monde à bras-le-corps. Il faut que toutes les madous se regroupent, grignotent ensemble et prennent des bains de miline. Les femmes s'enjuponnent et préparent les jours de soleil. Elles imaginent de nouveaux amants et des maris tout neufs qui remonteront le fleuve quand les jours s'y prêteront. Elles rêvent de la ville et font des projets de départ – et ça ne sert qu'à tenir pendant tout ce temps.

Les madous aiment les histoires de femmes, les potineries et les secrets mal cadenassés. Elles parlent entre elles de la mano triste, la belle du mont. Elles disent : « La belle a encore la maladie grise. J'espère qu'elle ne se jettera pas au fleuve. Ce serait un si grand malheur. » Elles pensent, mes madous, dans leur sagesse de ventre, que c'est sans doute parce qu'elle n'a pas de gueuniard et pas d'homme à elle au retour de l'été que la mano triste est si triste. « Ça aide pas, ça aide pas, c'est sûr. » Les filles comme la mano, les filles sans homme et sans gueuniard, on dit qu'elles sont sans ombre. Et ne pas avoir d'ombre pour se protéger – comme celle d'un arbre ou d'un mur –, ça fait griller l'été, dégouliner pendant les pluies et se transformer finalement en un centre vide et creux, le centre de rien. Si vous n'avez pas d'homme pendant la saison gaie, ce ne sont pas les pluies qui vous en ramèneront un. Il n'y a que la saison douce pour faire revenir les hommes. Et, quant à les retenir, ça fait longtemps que les madous en ont abandonné l'idée – elles les regardent partir avec des airs évaporés, des airs de princesses à deux doigts du coma, mais aucune d'elles bien sûr ne les voudrait dans ses jupons à temps entier. Oh non, les hommes, ce sont des charges lourdes, ça demande beaucoup et ça donne trop peu ; ils ne font que ressasser les termes de leur ancien pouvoir – je ramène la nourriture, je te protège et patati. Quand un beau jour elles se sont aperçues qu'elles pouvaient vivre sans, les madous n'ont plus réussi à penser à autre chose, tournant et tournant, obsédées par l'idée de s'en défaire. Chaque femme Tonnerre s'est dit : la vie serait bien mieux sans lui, il est bien trop exigeant, bien trop autoritaire pour moi, il continue de se comporter comme le roi du mont. N'a pas pris le navire à temps. Elles ont pesé le pour, le contre et les ont renvoyés.

Leur retour par éclipses transforme les madous en planètes. Elles se font faire des petits en y mettant de la passion. Leurs maris sont minuscules et pas toujours épais, alors elles imaginent des hommes plus forts dans les chambres nocturnes. Ça leur donne du cœur. Ça leur met du baume.

Après elles attendent les bébés.

Les hommes Tonnerre n'aiment pas les bébés. Leur dédain est chose importante. Ils auraient été meilleurs avec leurs enfants, les madous auraient peut-être tenté de les enraciner. Ce n'était pas le cas. Ils furent donc expédiés.

Tout bien compté, seuls le Georges et le Bakoué sont restés définitivement auprès des madous de Tonnerre. Tout doux tout miel, ces deux-là n'ont jamais dû être renvoyés au-delà du mont ou du fleuve ; les madous ne craignent ni leur tromperie ni leur virilité et leur flamme. Le Georges et le Bakoué ne bougent plus d'un pouce, ils vivent dans le village-madou pendant les pluies en se faisant petit-petit et en aidant de-ci de-là la madou-madou rouge à faire régner ordre, gaieté et persévérance.

Et c'est pendant les pluies, pendant la lente saison triste, que Jo est arrivé.

Jo avait des épaules comme des racines de mangouvier et un grand corps de cirque. Il n'y avait pas d'homme plus haut, plus gros, plus fort dans toutes les contrées. Et le contraste était plus frappant encore chez nous au mont Tonnerre où les gens sont petits-fétus pour avoir moins de prise au vent.

Le Jo, il a débarqué au volant de sa chevrolet jaune, flanqué du Bikiti – son managé. Et son arrivée a fait du bien à tous les cœurs d'ici. Parce que, par temps de pluie, qu'un type comme ça passe dans une voiture comme ça, c'était une vraie réjouissance. On avait peur des crues et cette voiture donnait l'impression de ne pouvoir jamais couler – on pouvait l'imaginer voguant au gré du fleuve dans son éclat de canari, voguant et clapotant doucement. On prend gens et choses comme des signes par ici. C'est du malheur ou du bonheur, une belle année en perspective ou l'imminence d'un cataclysme.

2

Ces deux-là, le Jo et son managé, s'étaient rencontrés sur des terres plus à l'ouest. Là-bas, dans le pays sec, le Jo extrayait du pétrole et réparait les insectes pompeurs quand ils restaient coincés.

C'était un métier qui lui plaisait, un métier à sa mesure. Le géant souriait, sifflait, trempait son corps entier dans l'épaisseur noire du pétrole, se soûlant du grand bruit mécanique des choses, étirant ses bras et luisant de tous les efforts de ses reins, respirant le désert, et s'ébrouant de plaisir.

Le Bikiti, géologue-escroc-arpenteur-prestidigitateur, était passé par là pour une raison impossible – personne ne peut passer par hasard sur ces terres asséchées –, poursuivi par je ne sais quel créancier entêté, fuyant toujours devant afin d'échapper aux maris floués et aux tueurs sans gages. Et là, dans ce désert sans rime, il avait aperçu de sa voiture naine un Jo si grand et si fort qu'il en avait été tout remué. Il avait tourné autour du grand champ de forage, embarrassé, faisant des boucles et des cercles, zyeutant ce Jo parce qu'il n'avait jamais rien vu de pareil dans sa foutue vie de Bikiti, l'enviant et le détestant, s'interrogeant sur l'utilité d'un corps si vaste.

Il avait fini par s'arrêter derrière la cabane où vivaient les pétrolezommes, garant sa voiture là, bien à l'abri, avec ses préoccupations de pauvre Bikiti, satisfait de ce coin tout ombreux. Il avait parlé au foreur de ce grand type noir et bleu pétrole qui semblait constitué de plusieurs hommes à la fois. Le foreur avait répondu quelque chose de très vague mais qui mesurait les qualités du grand à l'aune pétrolifère. Entre deux trous, les foreurs parlent peu ; ils hument l'air.

Le Bikiti a attendu longtemps, tournant autour de la cabane à mesure que l'ombre bougeait, y creusant presque un sillon tant de tours il a faits. Il a attendu longtemps que la concession fût vide. Parce que le Bikiti-affreux s'était dit que, peut-être alors, le Jo l'apercevrait tout en bas.

C'est ce qui est arrivé.

Mais le Jo, s'il a vu gigoter un minuscule Bikiti à ses pieds, ne s'est pas intéressé pour autant à ce qu'il lui racontait. Il avait bien trop de choses exaltantes en tête qui le mobilisaient tout entier. Dans ce temps-là, sa vie était totalement occupée par le pétrole et par une fille dans son cœur inclinée. Alors comment imaginer qu'il pût prêter attention à un ragondin affreux qui lui titillait les mollets ?

Mais le Bikiti n'a pas lâché prise.

Il a suivi le Jo partout où il est allé.

Quand le Jo venait voir sa belle, l'autre était toujours derrière. Le grand garait sa voiture-ferraille sous le palétuvier. Il y avait de la musique dans la rue et des gamins qui jouaient aux soucoupes volantes. On voyait partout dans les jardins des jouets assoupis. Le Jo se dirigeait vers le bâtiment où dormait sa belle amie. Et tout au fond, au-delà des arbres, des petiots, des oiseaux et de la poussière, le Bikiti veillait.

Le Jo se retournait avant d'entrer et de gravir l'escalier. Il regardait la petite décapotable de l'affreux. Il se demandait pourquoi cet homme essayait de lui gâcher la vie.

Le Jo finalement était gars négligent. Qui d'autre aurait laissé ce parasite s'accrocher dans le coin doux du genou, qui d'autre aurait eu la paresse d'aller vers la tique et de régler ça entre hommes, qui d'autre n'aurait pas même eu le cœur de se lever de toute sa hauteur pour se montrer impressionnant – mon Dieu, mon Dieu, impressionnant.

Le Jo se laissait ennuyer.

Et, permettez, mais je vois là quelque chose d'inexplicable.

C'était une affaire pourtant si facile à régler.

Il aurait suffi de déchirer sa voiture naine, la concasser, la réduire si petitement qu'on aurait pu la porter en pendentif – avec ragondin Bikiti à l'intérieur. Il aurait simplement suffi de bousculer le Bikiti par hasard, le faire rouler dans le caniveau et le voir chavirer dans l'égout, l'oublier, l'oublier. Et ainsi mon Jo ne se serait plus levé de la couche de la bien-aimée pour jeter œil et esprit par la fenêtre, et apercevoir le morpion assis tout droit dans sa voiture, le menton haut, crispé, concentré qu'il était, l'animal, pour ne pas se laisser perturber par les rondes et les enfers des gamins qui tournaient autour de lui.

Mais le Jo n'a rien fait.

Le Jo a laissé venir et revenir le Bikiti.

La bien-aimée a fini par trouver exaspérantes la nervosité et les alertes de Jo. Elle avait un caractère pas facile-facile alors elle lui a signifié, avec cris et déchirures, qu'il fallait cesser ce jeu de cache-cache avec le minuscule ragondin. Le Jo avait l'habitude de ces fureurs-là. Il fermait la fenêtre, attendant que ça lui passe à la belle ; il s'asseyait au bord du lit et patientait, bien malheureux que sa jolie se comportât ainsi. Elle lui disait, debout et sautillante, toute rage et toutes dents, que le pétrole n'était pas un avenir – bientôt il n'y en aurait plus et patati… –, qu'il lui faudrait renoncer à ce métier de perdu, qu'il n'avait qu'à écouter ce que le Bikiti avait à lui proposer, et basta. Puisque tu ne peux pas vivre sans penser à lui une seconde, sans te mettre debout pour soulever le rideau, sans te retourner dans la rue tous les trois pas, sans épier s'il te suit dans le restaurant où tu vas déjeuner, alors rejoins-le. Voilà ce qu'elle lui avait dit, la bien-aimée.

Ça vous fatigue un homme, ces colères-là.

Le Jo avait soupiré en secouant lentement la tête, s'était levé, si las et essoufflé, et avait décidé, tout bien considéré, de partir plus au nord pour suivre la progression des puits de pétrole.

Il s'en allait souvent, selon la saison à droite, à gauche, au sud, dans l'océan. Ces départs lui permettaient d'oxygéner son grand corps et son esprit fuyeur, lui remplissant la chair entière de route, de caoutchouc brûlé et de pétrole, occasionnant aussi des retrouvailles plus douces avec la bien-aimée, le laissant respirer et rêver de ses cheveux, lui faisant regretter sa peau.

Au nord, il y aurait de la glace et des ciels très bleus. Le Bikiti, se dit mon Jo innocent, ne le suivrait pas en des lieux si hostiles. Il suffisait de rendre la vie invivable à ce croque-mort et il s'évanouirait derrière l'horizon avant même de pouvoir se jeter sur mon Jo pour le dépecer vivant. Le Bikiti-chacal disparaîtrait sans bataille, sans plus de cris qu'il n'y en avait eu, simplement parce que le Jo n'était pas une proie à sa mesure. C'est ce que mon bon Jo espérait, désirant très fort que les choses se fassent d'elles-mêmes sans son intervention.

Ce n'était pas, me direz-vous, un homme de courage.

Peut-être bien, peut-être bien.

Dans le rétroviseur, sur le chemin des glaces, il voyait les nuages perles qui couraient vers l'océan, la grande route et les glaciers bien plus haut. Et toujours, toujours, malgré cet exil, toujours le Bikiti suivait.

Le Jo était confiant ; son métier de pétrolezomme l'avait rendu invulnérable – il se répétait : Tu es fort tu es si fort il ne peut pas te rendre fou il n'est qu'un minuscule Bikiti dans une voiture naine et il roule droit à la catastrophe. Il s'amusait tout de même pour le plaisir à imaginer de petits règlements de comptes dans l'isolement des plaines glacées ; il voyait le Bikiti poser ses deux pieds bien cirés dans la neige et glisser, tomber, rouler. Le Jo l'aurait empoigné par son veston – rayures élégantes de zèbre – et réexpédié dans sa voiturette, il aurait propulsé le tout pour les faire tournoyer sur le grand lac gelé. Il imaginait le soleil tout blanc se réverbérant sur la tôle et la glace, il soupirait d'aise, souriant et sifflant de petits airs à lui en conduisant son engin vers le pétrole du nord.

Et il allait plus vite, le grand Jo, il se sentait rugissant. Il se voyait immense et plus fort que mille hommes assemblés. Il devinait sa propre peau craquant de tant de force ; il souriait, le Jo, de se sentir en vie. Je suis géant, je suis flèche, je suis météore. Et ces mots-là lui remplissaient le ventre de joie.

Et toujours le Bikiti suivait.

Tout petit, sec et brun, il conduisait dans son complet à rayures et écoutait en boucle des cassettes – impossible de capter quoi que ce soit – de filles aux voix frissonnantes. Le Bikiti ne souriait pas souvent, les sourcils froncés sur les roues du Jo, buvant bière sur bière, l'œil vissé à la voiture-ferraille.

Derrière les montagnes, il y eut les glaciers.

Une énorme lune apparue dans le ciel clair donnait au paysage des allures d'étoile. Le Jo riait tout seul de ce décor-là, bien content d'être presque rendu, frémissant déjà à l'idée de la neige et de tout ce qu'il y avait sous ses pieds. Il rugissait en pensant à l'or des collines. Et d'avoir un Bikiti aux trousses était comme une excellente raison pour aller un peu plus loin, pour franchir quelques frontières de plus.

« Jusqu'où tiendras-tu ? Jusqu'où tiendras-tu ? »

Au bout d'un temps certain, alors que le Bikiti finissait par se faire fossile crispé au volant, le Jo freina brusquement. Il chercha une autre piste, changea de route et disparut derrière une colline. Le Bikiti continua tout droit un moment, ne voyant plus ni Jo ni sa voiture-ferraille, ne voyant plus rien de toute façon, aveuglé dans cette immaculée.

Il comprit qu'il les avait perdus.

« Me v'là beau… »

Tête à droite. Au loin de la neige – comme du sel –

volant dans cette lumière scintillante. Tête à gauche. À peu près la même chose. L'angoisse l'étreint, chope l'estomac, empoigne le cœur. « Mais c'est pas possible, qu'est-ce que je vais devenir dans ce putain de désert, oh mais ça va pas du tout, je leur dirai moi à tous les autres : le Jo, votre gentil Jo, il m'a laissé tomber dans un putain de désert tout blanc. Et voilà, hop, tout à coup, envolé, et moi je suis complètement seul et foutu. Y a rien à faire, je vais geler tout entier et puis je vais disparaître. » Il sanglote, frappe le pare-brise, cogne le volant, sautille sur son siège, sort ses jumelles. Il pense à sa manman, prie sa vierge, finit par se ressaisir : Faut que j'avance de toute manière.

Et, parce que sa vierge ne l'abandonna pas si brusquement, Bikiti entêté tâtonna et retrouva la piste du Jo.

C'est un bien drôle d'endroit. À l'abri, derrière le pare-brise de sa voiture, le Bikiti a trop chaud, il pense un moment à tomber la veste, mais l'idée ne fait que l'effleurer vu qu'il est en train de mener à bien une grande mission. Dehors, le vent est si violent, si contradictoire aussi – venant de tous les mondes possibles, monde du bas, monde du nord, partout, partout –, qu'il vous brutalise et vous glace complètement en quelques secondes. Vous voilà alors coincé dans une position grotesque et vous avez à peine le temps de vous demander ce que vous faites ainsi, tout durci, que le sang gèle, les poumons se brisent et claquent en mille et un morceaux, les yeux-cristal tombent et explosent en brillances multiples dès qu'ils rencontrent le sol. Et ça claque et ça scintille. Et ça fait rire le Jo parce qu'il sait, lui, comment se protéger.

Le Jo chante chante chante dans son engin. Si le Bikiti tient ce coup-là, je l'écouterai peut-être. Sinon, j'essaierai d'en récupérer quelques débris glacés. Et le Jo chante.

Quand ils sont arrivés tout là-bas, le Jo – miel, miel, cet homme-là – n'a pas eu le cœur à infliger si cruelle punition à un Bikiti collant. Il a sorti le ridicule gueuliard de sa voiture – le vent avait déjà commencé à s'infiltrer à l'intérieur et grignotait avec ses dents acides les forces du Bikiti. Il me l'a recouvert de quelque chose de bien brûlant et de plus blanc encore que la terre alentour, si blanc que le vent l'évitait. Et il l'a amené dans le bunker qui servait de repère aux pétrolezommes de ces lieux de glace. La voiture-carton du Bikiti craqua, se fendilla et se brisa en projetant des morceaux de tôle tout alentour.

Les pétrolezommes étaient plus loin sur les puits-foreurs. Voilà donc mes deux animaux collés dans le bunker à s'éviter et faire comme si l'autre n'y était pas. L'intérieur était agréablement sombre – car le jour, dans ces contrées, restait par moments plusieurs mois dehors, et il était bon, ma foi, d'être dans l'obscurité. Le bon Jo grognait: «Mais que me veut ce squale?…» Le Bikiti était enfoncé dans le fauteuil près de la porte. Les paillasses étaient à l'étage, la salle ici commune, les deux bonshommes mal à l'aise.

Le plus petit des deux n'est pas très fier de lui, mais déterminé à n'être pas venu de si loin pour rien.

«Je te suis pour te faire un cadeau.»

L'autre pas encore prêt à écouter l'animal.

«Tu n'es qu'un mamba suceur.»

Le Jo était dans ses terres, il aimait la glace et le gros pétrole des dessous. Il pouvait rester ici des mois tant que le puits n'était pas épuisé, ne pas même recevoir de lettres de sa follement-aimée mais pas-tant-regrettée. Alors il l'a dit au Bikiti. Il lui a expliqué qu'il savait bien ce que voulait ce Bikiti-siffleur. Tout le monde connaissait le Bikiti prestidigitateur-géologue-homme-managé qui cherchait toujours des bonshommes à faire tourner avec lui dans tout le pays, exhibant les grands, faisant danser les petits.

Non, non, ça n'intéressait pas notre homme.

Et en disant cela, il serrait très fort ses bras en les croisant, et le Bikiti le trouvait gigantesque et se demandait comment un tel homme pouvait trouver femme à sa mesure – assez solide pour se mettre sous lui –, le Bikiti regardait la peau du Jo qui se tendait et prenait des noirceurs par endroits. Et c'était un peu incongru d'être face à cette puissance-là. Alors le Bikiti ne s'en trouvait que plus renforcé dans son projet. Le hasard d'hériter à la naissance d'un corps pareil – c'est à moi ces bras et ces cuisses comme des torses ? – conférait toujours à ces hommes une grande maladresse, une touchante impuissance à bien se mouvoir. Comment rendre toute cette chair agile ?

Le Bikiti aimait être en contact avec cette force-là, comme pour dépasser sa petiote taille et sa maigreur. Il approchait le Jo, il en faisait son diable enfin, il avait été jusqu'aux glaciers pour dénicher toute cette puissance… Impossible d'abandonner maintenant.

Alors il lui promit mille et une douceurs, et sa voix se faisait tendre et suave – oh mon Dieu, ne va-t-il pas se mettre à haleter ? –, il lui promit qu'il lui resterait toujours du temps pour partir pêcher au lancer dans quelque coin du monde, il lui promit une cabane dans les bois, une tour dans une mégalopole, « avec un dernier étage, tu vois, entièrement vitré, et tu verrais la ville, le soir, qui clignoterait et les petites lumières qui s'en iraient à toute allure, et tout semblerait être à toi, et pour obtenir cela, point de drogue et de tueries-massacres, guère de trahisons et de lieutenants corrompus, non, juste montrer ce corps-là. Ça suffirait mille fois, mille fois, mille fois. »

Alors le Jo est allé à la fente qui servait de fenêtre, il a regardé dehors en se contorsionnant pour laisser passer son œil (et le Bikiti zyeutait ses épaules, il se sentait trépigner), le Jo a continué longtemps à observer le sol et le ciel et la brillance de tout ce monde-là, il désirait rester là mais il n'ignorait pas que le temps viendrait où le pétrole ne serait plus sous cette glace et qu'il faudrait encore repartir. Le soleil brillait sur ce paysage avec une constance inutile. Jamais personne n'y prêtait attention. Tout le monde luttait contre le froid et l'engourdissement, les animaux qui vivaient là devenaient des créatures souterraines, les hommes qui venaient finissaient par muter, trouvant ce désert à leur goût pour sa fulgurante glaciation des choses, mais ne levant plus jamais le nez pour voir le soleil.

Et là, alors que le Jo regardait ses glaciers, subitement, sa follement-aimée s'en est allée, elle a fait un tour et hop elle s'en est allée. Le Jo ne s'est même pas senti infidèle, juste libéré. Il s'est dit : Oh mais et si je ne pensais plus à elle et à ses colères. Si je ne revenais plus là-bas sous les palétuviers… Et si je le suivais, cet affreux Bikiti… Oh oui, si j'oubliais totalement ma bien-aimée difficile. Il s'est senti tout à coup assez fort pour soulever la maison. Il a crispé tout son corps. Il est devenu gigantesque. Le Bikiti a reculé, il s'est caché derrière la table, en se pliant pour disparaître. Le Jo a grandi, grandi, il est devenu large comme une planète, les murs se sont fendillés, il a senti toute cette force inaboutie, il a craint mourir de frustration, de ne jamais avoir ouvert les bras auparavant de peur de briser quelque chose aux alentours, de n'avoir jamais vraiment étreint quelqu'un pour ne pas le tuer sur-le-champ. Le Jo a eu envie de voir autre chose que la glace et le pétrole. « Quitte à revenir après. » C'est toujours ce qu'on se dit dans ces moments-là. Il ne faut jamais penser perdre les choses tout à fait. On en mourrait.

Mon Jo s'est donc retourné. Le Bikiti se disait : Ses cuisses sont des bûches. Et son cou un pylône. Oh là là… Faites que tout se passe bien. Parce que le Bikiti était homme à prier, par instants, les dieux qu'il avait perdus en chemin. Le géant s'est penché gentiment pour rapprocher son museau de celui du tout petit du bas et il a déclaré :

« Tu es un escroc, homme-managé, et je ne sais pas pourquoi je vais te suivre quand même. »

Ils sont restés quelque temps avec les pétrolezommes qui avaient aussi entendu parler du Bikiti. L'un d'eux crut bon de prévenir le Jo de la moralité douteuse du petit managé, parce que l'on s'imagine toujours que les hommes forts ont de petites cervelles. Le Jo doux-doux le rassura et leur apprit à tous qu'il savait où il mettait les pieds, et que, ma foi, il avait envie de tenter le coup. Sur cet éclaircissement, les choses se déroulèrent sans trop de confusion.

Le Jo rêva son corps. Il se dit qu'il suffisait de se

mettre au travail pour ne pas perdre cette dureté et qu'il deviendrait un géant. Il se voyait l'homme le plus fort de ces contrées. Il se dit que, en abandonnant la glace et le pétrole, il allait gagner en célébrité et en excitation. Ce projet le rendait emporté. Avec parfois un petit pincement nocturne pour ce qu'il quittait là. La torpeur des soirs blancs dans la neige le tenaillait, l'empêchait de s'assoupir, déjà il vivait ces jours comme en souvenir. Il tournait dans la pièce pendant que les pétrolezommes et le Bikiti dormaient, comptant ses allées et venues, fermant les yeux onze secondes puis regardant par la fenêtre pour voir si les choses avaient changé. Il sortait, recouvert de fourrure, s'installait dans son tank et se remettait à compter avant de démarrer et de s'en aller virer dans ce désert avec lune et soleil. Ça le travaillait, le Jo.

Tous deux ont fini par lever le camp. Il y eut bien sûr les effusions avec les pétrolezommes – noirs, noirs à force d'être dans la glace et de recevoir le pétrole en pluie –, des effusions que la certitude muette du définitif rendait longues et encombrantes. Pendant ce temps, le Bikiti attendait dans la voiture-ferraille avec des airs de cantatrice. En marchant vers lui, avec le vent qui pénétrait partout dans les interstices, en entendant au-loin-en-bas-à-ses-pieds le crissement de la glace – plus fulgurant que le bruit de n'importe quel blizzard –, en sentant frémir le squelette qui le soutenait sous sa chair, le Jo a eu peur de commettre l'erreur de sa vie. En fait, mon Jo n'était qu'un grand homme avec tout un tas de peurs ancrées-vissées, et beaucoup de mélancolie. Il ne pouvait s'empêcher de penser toujours à ce qu'il perdait et de vivre ses joies comme si elles étaient déjà passées.

Puis il a atteint sa voiture-ferraille, il y a grimpé, claquant la porte plus fort que nécessaire – coup d'œil du Bikiti qui cherche désespérément un sujet de conversation pour détendre tout ça –, et ils s'en sont allés.

Le bon Jo a eu du mal à sourire pendant quelque temps.

Ils se sont dirigés vers des plaines plus vertes mais aussi inhabitées que les glaciers des pétrolezommes. Le Jo a parlé moins, laissant le Bikiti s'agiter à ses côtés, passer des coups de fil et organiser ses escroqueries à trois kopecks (des chevaux, des paris, des combats de coqs ou de fourmis…) ; il le lorgnait comme s'il s'était agi d'un minuscule tas de ferraille cliquetant en tous sens, rouillé par endroits, mais pas encore tout à fait inutile (on va peut-être en tirer quelque chose).

Le Bikiti portait de ces épaisses lunettes qui transforment les yeux en énormes roulements à billes. Il grattait continuellement les quelques poils qu'il avait sur la tête, sur le menton et sous la pomme d'Adam, activité automobile qui crispait mon Jo et lui laissait le nez froncé pendant des kilomètres.

Ils ont roulé longtemps, la nuit, le jour et les dimanches. Jo a eu l'impression de ne s'être jamais arrêté durant des semaines.

Et, finalement, au beau milieu des plaines vertes, après des kilomètres de vide, ils virent enfin apparaître un vaste hangar délabré ; le Bikiti fit arrêter la voiture et sourit, satisfait, gonflant son ventre de coléoptère : « C'est chez moi. » Le Jo opina. La bâtisse ressemblait à une demi-citerne allongée dans un métal-fer-blanc qui luisait et brillait et envoyait des éclats dans toutes les directions. En fait, cette vision permit au cœur du Jo de se refaire serein. Il y avait un très grand arbre tout à côté, on aurait dit qu'il s'appuyait sur le hangar, et de voir toutes les feuilles – vertes recto, blanches verso – s'agiter dans le vent et scintiller par petites touches d'aluminium, le Jo, ça l'a remis un peu sur pieds. Tout l'arbre frémissait et claquait, s'inclinant sur la courbe du hangar du Bikiti.

Tout autour, à peu près rien.

Le Jo ne voulait pas que l'affreux crie victoire trop tôt, alors il a gardé sa satisfaction tout au creux de son estomac. Mais ça le réchauffait et c'était bon-doux de se mettre bien en face du hangar-citerne, de laisser les herbes grignoter ses mollets, de fermer un œil à cause du soleil et de presque toucher de sa main de géant l'écorce de l'arbre.

Le Jo continua donc à se taire.

Dès le jour de leur arrivée au hangar-métal, le Bikiti lui a appris comment on devenait un homme par ici. C'était étrange et ridicule de voir si petite créature galoper en tous sens et mimer des exercices trop durs pour elle. Se mettre en position de lutte, lancer le disque, montrer comment couper un arbre et sauter à la corde, expliquer le parcours de vélo du matin et se transformer en ninja, là, sous vos yeux, brailler et enseigner.

L'un des premiers jours, le Jo est allé jusqu'au village le plus proche. Il a pris son tank, roulant sur les routes de poussière dans un grand bruit de remue-ménage, atteignant le bourg, tournant un peu et postant finalement son engin au beau milieu de la grand-rue endésertée. Le Jo s'est dit qu'il apprendrait des choses sur le Bikiti, à moins que tous sussent déjà qu'il était installé avec lui dans le hangar-métal. Dans ce cas, les gens se méfieraient, ne lui parleraient pas, resteraient dans leur silence-village. Mon Jo s'est dit : Je vais y aller doucement. Je vais me rendre au bar et on verra qui s'y trouvera perché.

Il n'y avait personne. C'était l'heure mauvaise et vide de l'après-midi. Il faisait chaud et le Jo pensa aux glaciers et à ses repères familiers – père et mère.

L'endroit était sec ; il y avait juste un barman adolescent qui ne souriait même pas en regardant la télé dans l'un des coins de la pièce – pourquoi sont-elles toujours en l'air comme dans les hôpitaux ? (Jo pensa à sa jambe droite qu'il avait cassée une fois, à la bien-aimée presque oubliée qui l'avait veillé dans sa chambre et au monde anesthésié.) Il a écarté une main nerveusement, allant vers le barman et lui souriant sans que l'autre semble comprendre. Il avait deux yeux éteints. Alors le Jo, pas homme-courage pour deux sous et plutôt sensible à la tristesse sans raison des lieux, le Jo s'est dit : Je vais m'en aller d'ici bien vite, ce type c'est le genre à vous planter entre les omoplates un couteau long comme un maracoudier. Mais finalement l'autre s'est animé, minuscule mécanique bien remontée et huilée, enfantine et fragile. Jo a soupiré. Le soleil géométrisait le plancher. Et le bruit de ses pas sur le sol était poussière contre poussière, raclage de fantôme.

Jo a bu et il a fait parler le microscopique, qui a fini par le regarder avec l'espoir de lui ressembler une fois grand et fort. Le gamin zyeutait l'animal et semblait sûr que ça lui arriverait aussi. Il a parlé du Bikiti comme on parle des doryphores. Il sautillait avec des airs de banilièvre, les coudes sur le comptoir, son cul tressautant tout en haut de ses gobelines maigrelettes.

Jo souriait, au chaud, dans le confort de sa carcasse.

L'autre a parlé des matins et des filles qui s'en allaient en ville ; il a raconté la pêche à la truite et la chasse au canard ; il a parlé cuisine – cailles farcies au chou et autres grougnasseries –, il a dit quelques petites choses sur sa sœur comme s'il voulait la marier. Et il a continué sur la brume et les nuits d'hiver, sur la neige aussi, et il a confié qu'il voudrait être champion du monde de saut à la perche. Mais le seul entraîneur du coin, c'était le Bikiti-fric, et il ne s'intéressait qu'aux gros-balèzes. Le petit n'essaya pas de le conseiller au Jo – gros-balèze – parce qu'il avait mis tant de mépris dans sa description qu'il craignait que le Jo se vexât et lui tapât sur le crâne – il faut toujours se méfier, disait la maman du petiot avant de s'en aller définitivement vers le sud, il faut toujours se méfier de ces gaillards sans cervelle, beaux gars mais sans cervelle.

Jo s'est demandé pourquoi les choses allaient si lentement dans ce genre d'endroit, pourquoi ces enclaves du monde traînaient toujours une atmosphère sinistre. Il s'est dit qu'il fallait retourner voir le Bikiti dans le hangar-métal pour sortir de cette tristesse qui le fauchait et pour que l'autre ne crût pas qu'il s'était bartamé dans son tank en le laissant planté là pour toujours.

Alors le Jo a fait un petit signe au serveur, il a fini son verre en essayant d'avoir l'air à l'aise malgré toute cette gadoue qui rendait ses gestes lents et poisseux ; le plancher était visqueux comme du miel. Mon

Jo voulait que l'autre sache qu'il reviendrait sans doute. Alors il a fait bien attention en sortant que ses chaussures se décollent avec légèreté même s'il avait l'impression que ses centaines de kilos de chair le poussaient vers le sol et l'écrasaient de tout leur poids.

Il a réussi à sortir et s'est senti un peu mieux – malgré la chaleur et le sable, on pouvait doucement frémir grâce à un petit vent qui vous nettoyait le visage de toute cette poisse.

Il a souri, les dernières chapes de brouillard se détachant de son crâne, et il a remonté la rue désertée vers le tank.

Il a mis de son cœur dans l'ouvrage, le Jo. Pas envie de rester là, dans cette ville des plaines vertes, avec ses filles qui s'envolaient vers le sud et sa mélancolie de deuil sans objet. Il a pris les choses entre ses bras et a laissé le Bikiti s'essouffler derrière lui. Il s'est entraîné durement dans le hangar-alu quand le soleil brûlait les yeux. Il a mécanisé son corps. Il en a fait une grosse machine lourde et lisse, silencieuse et si impressionnante que mon géant se sentait tout drôle quand le regard des filles – celles qui étaient restées dans le coin – redessinait sa nudité. Il s'est mis à soulever des choses terribles – et le tank, le tank, ma foi, y est passé.

Il a trouvé le temps long pendant sa vie de momie auprès du Bikiti. Tous deux dans un réduit sans confort ni fenêtre, humide-humide, avec juste une grande porte de tôle et de multiples petits carreaux dans le haut. De quoi boustifiguer, vu qu'il y avait des fourneaux pour une école complète. Et voilà mon Jo qui se met aux épices et au gibier, qui cuisine en tablier – un drap autour de la taille. Il lui faut des calories et de l'entrain. Le Bikiti est raide et mange mal, avec le visage qui se crispe et grimace des sourires à la « mais si, mais si, c'est délicieux », du genre à cracher en douce sous la table.

Le Jo se dit parfois qu'il ferait mieux de l'assommer avec sa poêle, l'étouffer à l'aide de son tablier, le pendre au pilier qui soutient la charpente de métal. Il regarde son Bikiti, et se tient tout droit dans sa grande colère d'oiseau cuisinier bafoué. Les mains sur les hanches, il grandit encore. Et le Bikiti se fait haïr, et le Bikiti aime voir la rage du Jo, il le sent puissant, si puissant que ça l'ébranle aussi. Par moments, il a peur. Mais ces courtes terreurs ne peuvent pas demeurer, car le Bikiti sait combien le Jo est doux-doux sentimental.

Le Bikiti craint peu de choses : les tueurs fous qui feraient un carton sur sa minuscule personne parce que la providence s'en serait allée, et le fisc.

Alors que le Jo lui n'est pas courage.

Il aimerait que le monde soit meilleur, il a des rêves de Miss Monde – qu'il n'y ait plus de guerre, etc. Ce n'est pas un idiot, non, c'est un bon garçon. Il chouine et enfle. Il n'est pas tout à fait heureux, mais il aimerait voir du pays comme le lui promet le Bikiti.

Et l'entraînement que lui fait subir son affreux est parfois tout à fait assassin. Il se souvient du pétrole, et ce petit monde technique dont il avait la connaissance lui semble loin, caché derrière les collines, recouvert de poussière, irrattrapable.

Il court, il court dans les bois derrière le hangar, serrant les dents et rugissant parce que les arbres lianeux essaient de le retenir – je deviens bête féroce ? – et le bruit de sa fuite est un craquement, un piétinement, le sol entier tremble sous chacun de ses pas. Et Jo court. Chaque jour, il maigrit et s'assèche dans cette course, et, à son terme, regardant ses mains, regardant ses bras, il a l'impression qu'il va tout à fait disparaître et devenir transparent tant la quantité d'eau qu'il perd est impressionnante. Il va alors en ville, toujours en courant, traverse la grand-rue, tourne chez l'épicier – la caissière est une mignonne qui rêve déjà de s'en aller – et remplit son sac à dos de victuailles, il y met plusieurs kilos de riz, plusieurs kilos de pâtes, du pain et des fruits, parfois le sac n'est pas assez lourd alors il ramasse des pierres sur le chemin et remplit toutes les petites poches de cailloux. Satisfait, il retourne en courant au hangar.

La chaleur est brutale sur la route. Des voitures le croisent et ralentissent un peu, comme si Jo était un accident. Et Jo n'a plus d'yeux, plus d'oreilles, il n'a plus que ses deux jambes qui avancent et se recouvrent de poussière. Autour de lui, un brouillard de condensation et des insectes qui viennent y puiser de la fraîcheur. Il court, et chacun de ses pas dure une éternité. Le Jo ex-pétrolezomme sent son cœur badaboum brûler dans tout son corps ; les tempes bruissent et sifflent ; le crâne cogne comme après une grande trouille, et les jambes, mon Dieu, les jambes du Jo sont des mécaniques de science-fiction. Il se voit robot, androïde, mutant, il s'imagine machine-métal. Il souffle et râle. Le Jo doux se demande pourquoi il a attendu si longtemps pour s'apercevoir qu'il avait un corps-pouvoir. Il aime se sentir consumé, il aime le frémissement des nerfs tout le long de ses cuisses, il aime l'automatisme de ses gestes qui confine à l'immobilisme d'une plante. Jo oublie son papa, sa maman, la follement-aimée qui n'est plus là, tous ces gens absents, il rêve victoire et repos du batailleur.

Quand il arrive au hangar, il ralentit tout doucement, fait quelques tours pour nettoyer la mécanique ; il sait que s'arrêter tout d'un coup le tuerait foudroyé-cramé.

Il crie le nom du Bikiti à pleins poumons – il ne sait pas d'où lui vient ce souffle, de tout en bas, de ses orteils crispés dans les chaussures. Mais le Bikiti n'apparaît pas toujours – il se cache pour laisser Jo calmer son grand corps emballé. Alors le géant finit par s'arrêter, et le voilà ancêtre, tout perclus de douleurs, il s'abat sur le banc et regarde les pies arriver et sautiller en points d'interrogation. Les picotements viennent et envahissent tous ses muscles, très scrupuleusement.

Le Bikiti ne dit rien. Mais il est content du grand.

Déboulant de nulle part, il finit par rappliquer et saute sur le dos de Jo et le tambourine tout le long de la course, l'empêchant de s'arrêter, serrant ses cuisses autour du buste du bon gros. L'autre tourne alors en rond, avec son parasite pique-bœuf qui lui braille de l'insaisissable dans l'oreille.

3

Ces matins-là sont frais, à deux doigts d'être froids. Ils sont immaculés et scintillent dans les arbres. La vie clignote. Et Jo se dit que bientôt il ne pourra plus entrer dans le hangar tant il sera grand. Bientôt il sera si fort et si puissant que le sol tremblera sous ses pieds à chaque pas et il pourra creuser la terre et puiser le pétrole à mains nues. Ces idées-là le font sourire tout seul et sans un mot.

Car plus le corps prend de l'ampleur, plus la parole s'estompe.

Parfois quand le Bikiti-laid se montre trop insupportable, trop piailleur, quand il grimace sur un plat préparé par le Jo, alors celui-ci va dormir dans son tank. Les nuits frisottent de gelée. L'herbe craque, il y a des brumes et des grenouilles et le grand Jo sous sa couverture, derrière le pare-brise, baisse les fenêtres de l'engin pour laisser entrer cette noirceur humide. Ça lui chatouille la gorge, il guette les chauves-souris et le hibou. Là-bas, la nuit a des allures de spectre.

Les semaines ont passé. Les gens du bourg maintenant les connaissent ; ils s'assoient sur le talus et regardent mon Jo boxer des morceaux de tôle –

chaque résonance les fait tressaillir. Mais surtout, surtout, ils viennent le voir nager dans le lac.

Sous l'eau, le Jo découvre un plaisir idéal. Il attend pour remonter de sentir ses poumons prêts à exploser, son cœur cogner comme un furieux. Jo, entouré de cette verdeur, de ces algues, de ces bris de soleil qui se posent en éclats sur le dos des poissons, à la surface intime de l'eau – le monde vu à travers cette loupe... –, Jo a l'impression d'échapper à sa pesanteur et voudrait toujours glisser, il sourit, l'animal, puis la pression devient trop forte, le corps s'embrume, les bras fourmillent, une inquiétude mauvaise attrape ses tempes, les poumons et la gorge grossissent, grossissent, il faut ressortir, crever le miroir et avaler tout l'air possible d'un coup, ah, cette joie de se sentir glacé, écharpé par le soleil et le vent qui brûle la peau et les yeux. Cette joie d'entendre, étourdi, après un instant, les applaudissements et les cris des gens sur la rive. Car ils viennent des villages alentour en troupes entières s'asseoir sur le bord du lac, piqueniquant là, amenant nappes, paniers et dispersant les tout petits gueuniards. Tout le monde reste sur le sable de la rive pour observer les évolutions du Jo aquatique. Ils applaudissent quand il ressort – quand il jaillit en soufflant –, mais surtout, et c'est pour ça qu'ils viennent, ils retiennent leur respiration en pensant qu'il ne remontera pas. C'est ce drame en suspens qui les fait venir, l'excitation de la tragédie possible. Ils viennent le voir nager dans le lac et disparaître en son milieu, laissant l'eau se refermer sur lui comme un brochet profond. Quand le Jo resurgit dans une grande giclée d'écume, porteur d'algues, lisse comme un poisson, les gens soupirent et s'adressent des regards soulagés. Mais il existe derrière tout ça la vague frustration de l'histoire incomplète qui n'a pas fini là, devant eux, sous leurs yeux si exorbités qu'une pichenette les ferait rouler à terre.

Quelle joie, malgré tout, de voir cet homme si grand que le monde entier semble lui arriver à la taille.

Le Bikiti est là aussi. L'enthousiasme de la foule lui laisse présager le triomphe que le Jo provoquera dans chaque ville où ils passeront. Le Bikiti rêve déjà. Il voit le monde et les voitures, oh là, rutilantes. Il imagine les costumes, le froissement des tissus riches sur ses épaules, et les belles mignonnes qui viendront à lui.

Le Bikiti mesure cela dans les triomphes du bon Jo. Il aime l'observer de loin, le bon ogre entouré des têtes de tous les humanos ras de terre. À peine essoufflé, le Jo sourit et dégouline sur les gamins qui tourbillonnent tout en bas de lui. Il n'a jamais été aussi content d'être fort – ou alors si, peut-être, avec la bien-aimée quand elle le lui répétait en lui malaxant avec perplexité les muscles des bras.

Le grand sait qu'il sera la surprise des foires : L'HOMME LE PLUS FORT DU MONDE. Et finalement ça ne le dérange pas du tout.

Alors, quand les premières gelées sont venues, quand le matin une brillance insolite a animé l'herbe, quand les frissons ont commencé à prendre le Bikiti – qui avait, ma foi, mauvais souvenir du froid, et des peurs de glaçon cassé en mille morceaux –, quand le hangar est devenu trop petit pour que s'y glisse le Jo, alors ils ont repris la route.

Ce fut une vie facile, ah là, oui. Partout la rumeur les précédait.

Le long des chemins de cette vaste lande, mon Jo et son Bikiti-parasite s'arrêtaient dans les villages ou n'importe quel petit lieu de vie pour y présenter les exploits du géant.

Le Jo sautait courait montrait ses muscles exhibait ses cuisses et ses épaules allait à l'eau remontait rivières et torrents luttait contre des adversaires-fiertés du bled propulsés sur l'estrade. On lui faisait porter des sacs des meubles des bœufs. Les lilliputiens et les tatoués du coin pariaient, lançaient des poids et plongeaient comme lui dans des étangs lentillés, galopaient avec trois briques sur le dos et s'essoufflaient. Il était l'homme le plus fort du monde. Et qu'importait qu'il le fût vraiment. Il l'était dans ce village-là pendant ces quelques heures. Et cela a suffi quelque temps à sa joie.

Il s'amusa et trouva que grandir au rythme de son corps était une chose délicieuse. Il apprécia les enthousiasmes des pékins, il sourit aux minounettes qui l'œilladaient à qui mieux mieux et continua son chemin. Le Bikiti courait organiser les choses, prenait des rendez-vous pour les villes à venir ; il fit faire des affiches, paya des émissaires. Mon Jo allait partout où le Bikiti décidait de s'arrêter, sortant sur la place du village – dans le soleil orange d'un automne suspendu –, se dépliant et offrant son ombre de géant aux regards affolés des loustics minus. Certaines, frêles et émotives, s'évanouissaient.

Le Bikiti crut à la simplicité imbécile du Jo, s'extasiant devant l'argent qui coulait à gros bouillons, se frottant les mains d'avoir trouvé si docile créature. Il ne pouvait pas imaginer que mon Jo avait décidé pour le moment d'être tout doux tout miel et qu'il attendait simplement de voir venir. Il ne se doutait pas non plus que les choses tourneraient court.

Jo a acheté une chevrolet jaune parce que ça faisait partie des frimades qu'il s'était promises. Laissant le tank à un fou furieux dans un désert très noir, il repartit avec un gros insecte acidulé qui bourdonnait sur les routes. Il conduisit sa voiture sur tous les chemins de ce continent, refusant obstinément que le Bikiti s'en servît. Toujours il était au volant, vissé au siège, souriant, hochant la tête sur la musique qui déplaisait à l'affreux, si corpulent que le tout petit Bikiti craignait de finir un jour écrasé contre la portière par un geste trop large du géant.

Jo occupait son temps de liberté en dévorant des quantités folles de nourriture, se baignant dans la félicité de l'ingestion et la palpitation des fumets et des goûts – joie parmi quelques autres qui échappaient, vous pouvez en convenir, à mon Bikiti maigrelet. Le géant s'habilla sur mesure chez des tailleurs excités par l'idée de couvrir un pareil morceau. Il portait du rose et des breloques. Le ragondin-Bikiti, qui essayait de toujours croire que le Jo était un homme simple, ex-pétrolezomme facile à vivre, se crispait tout entier devant ses nouveaux airs d'opérette qu'il croyait passagers. Le Jo le surveillait de l'œil, méfiant mais amusé. L'autre lui répétait sans cesse qu'il se leurrait, qu'il n'y avait pas d'argent, juste assez pour survivre et s'acheter deux, trois bricoles, rien de rêveux, rien d'impossible. Mais le Jo paradait et souriait en circonférence, il se voyait si grand et si fort qu'il en gloussait parfois seul devant le miroir d'une chambre d'hôtel pendant que Bikiti sec réglait les soucis matériels.

Mon Jo finit par s'agacer de cette mouche-Bikiti qui zigzaguait au-dessus de son crâne ; il jugea bon de remonter le fleuve vers son origine, étape par étape, puis de mettre un terme à leur association.

On disait qu'il y avait là-haut de la pluie, beaucoup de gris et de boue. C'est vrai que l'on voyait vers le nord poindre des nuages boursouflés, mais comment imaginer sérieusement que les ciels allaient s'assombrir ? Le Jo regardait ce bleu, allongé dans un hamac sur la terrasse, se reposant, blessé-fourbu, avec un Bikiti-ras-du-mur qui regardait la télé en sifflant des mini-bouteilles de tequila, très loin dans l'ombre du salon de l'hôtel.

4

Ils ont remonté le fleuve vers le mont Tonnerre en sachant seulement qu'ils trouveraient là-bas un port juste avant la Croisée où le fleuve se séparait. L'un de ses longs bras, sinueux et lent, partait vers le nord, vers le pétrole des glaciers, l'autre se dirigeait droit vers l'océan presque par le plus court chemin. Un fleuve pas facile, long, large à cet endroit, comme deux fois toutes les terres de la Chatine mises bout à bout, une eau de ténèbres charriant des cadavres d'ours (les montagnes et les torrents noyeurs) et de vaches (pattes en l'air, ventre gonflé), pris souvent dans des neiges descendantes. De petits icebergs en perdition qui se diluaient précieusement au fil des tourbillons. Un fleuve jaune couleur de Sienne.

Là-bas, spéculait mon infâme, il y aurait de la gente et plein d'hommes à défier. Les marins qui s'arrêtaient pour souffler devaient rester à patauger un peu en bas du mont Tonnerre. Un bon endroit dixit le Bikiti.

Le Jo imaginait une grosse misère qui lui collerait aux doigts ; il n'aimait pas l'indécence de leur proche débarquement. Amusez-vous, amusez-vous et voyez ma si grosse voiture et mes breloques. Le Bikiti me le remua, ce Jo, en lui disant des mots pas tendres et en lui serinant toutes les demi-minutes que ces gens-là avaient besoin de rêves. Le Jo serait leur bon gros monstre d'espoir.

C'est à ce moment que quelque chose s'est déglingué.

Voilà les deux larrons sur le chemin du Tonnerre dans la chevrolet jaune, le Bikiti passager mange des cacahuètes – et cric et crac et croc – et le Jo se met subitement à froncer les sourcils, les froncer au point de ne plus rien voir, ses yeux se fendillent, s'écartent, deviennent si minuscules qu'ils disparaissent presque tout à fait. Son crâne tape comme un cœur. L'urgence l'étouffe, étreint sa poitrine, un torrent de sueur dévale son échine, ses babines se retroussent, les muscles de ses cuisses deviennent rocaille. Il grince si fort des dents que le Bikiti-raton-laveur cesse de grignoter, lève la tête vers mon géant, avale de travers et se met à tousser en se courbant en deux tandis que le Jo reste crispé sur la route, les prairies désertes et les nuages globuleux du fond. L'angoisse atteint le haut de sa tête, le bout de ses cheveux, puis retombe doucement. Il souffle si fort que la peau semble lui coller aux côtes et aux poumons. Il rouvre lentement les yeux. Il vient d'avoir sa Grande Peur Bleue.

Ce jour-là, dans la ville suivante, le Jo a commencé à s'acheter des armes.

Il a craint que son corps ne suffise plus. D'où lui venait cette intuition ? En direction du Tonnerre, son sang s'est figé si longtemps que la perspective de la fin l'a submergé. Il est resté bien taciturne tout le long du chemin, même quand ils ont traversé le fleuve sur un bac là où il n'est pas si large, et que les gens sur la berge riaient et applaudissaient, arrêtaient-bifurquaient leur chemin pour voir voguer la grosse voiture jaune, avec le géant à côté, le géant scintillant avec tous ses bijoux – futile, futile – et le rabougri pas loin. Ce carnaval semblait mettre de la joie dans leur ventre.

Mais, même ainsi, le Jo n'a pas réussi à sourire. Il a repris la chevrolet, il est resté tout gris dans sa cacophonie. Il a senti le vent du mont passer tout près, soulever quelques tourbillons et s'en aller plus à gauche. Il a soupiré, le bon Jo. Le Bikiti, là-bas, là-bas, a frissonné en se demandant si tout allait bien ou si son géant allait craquer dès maintenant comme tous les autres, toutes les précédentes bêtes de cirque du Bikiti-escroc. Et voilà mon Jo furieux tout à coup. Furieux de s'être embarqué là-dedans et d'en être aussi satisfait par moments. Tremblant encore de cette Peur Bleue qui l'a pris il y a peu. Pas moyen de se débarrasser de ce malaise-là.

Il se dirige droit vers les monts, il aperçoit déjà les quelques brumes qui encerclent le Tonnerre, il imagine la jungle et les singes, il sait qu'il pleut là-bas, c'est la saison pas gaie. Et rien que l'idée des marins et de la gente qui doit vivre sur les flancs du mont, ça lui retourne tout l'intérieur sens dessous dessus.

Dans la ville suivante, le Jo a garé sa chevrolet acidulée devant chez l'armurier – fusils de chasse, pièges à cailles – et il a claqué la portière.

« Où tu vas là, le Jo ?

– Tais-toi, sangsue », a sifflé le Jo par la fenêtre du Bikiti. Puis il a levé la tête et attendu quelques instants. Ces ciels-là, madame, c'était tout un cyclone.

Ça rassurait mon Jo de se gonfler comme une artillerie. Le Bikiti, lui, s'est fait plus petit encore.

« Oh là, ça sent pas bon. »

Le Jo a empilé son métal hurleur dans le coffre de la voiture, se frottant les mains puis claquant le coffre assez fort pour que le Bikiti bondît de trente centimètres au-dessus de son siège. Il est remonté et ils sont repartis.

Le Bikiti, tout le long du chemin, s'est dit que quelque chose clochait. Finalement le Jo ne le gardait auprès de lui que parce qu'il était trop paresseux pour assurer lui-même l'intendance. Le sentiment de se faire avoir a grignoté le crâne du ragondin.

Pendant ce temps, le Jo se laissait aller à quelques angoisses ordinaires ; comment pouvait-il s'inquiéter, lui, l'Inébranlable ? Le Jo se raisonnait. Ce n'est pas parce qu'il toussotait qu'il avait attrapé la dernière maladie à la mode, et, mon Dieu, ne se mettait-il pas tout à coup à moins bien voir, à plisser les yeux pour apercevoir la direction – TONNERRE – sur le panneau, sentant sa vue se brouiller et se cribler de petites taches brillantes et virevoltantes.

Le Jo se sentait fragile-fragile.

5

Ils ont suivi le fleuve. Tout au bout, il y avait le mont et sa saison grise. Les madous enjuponnées qui attendaient le soleil entre deux gâteaux secs, qui pépiaient dans leurs intérieurs et se disaient des choses pas toujours belles à propos de leurs hommes, partis là où il y avait l'argent et le zinc. Tout le monde pataugeait, la gadouille vous entrait dans les poumons et la cervelle si vous y pensiez trop. La meilleure façon de s'en sortir était d'y prêter le moins possible attention, et de se retrouver à plusieurs dans les cabanes lumineuses.

Les madous attendaient que la pluie cessât. Elles conjuraient le sort en portant des rouges et des jaunes à fendre l'œil – turbans et falbalas. L'une de leurs joies pendant l'hiver gris consistait à établir des listes de choses à faire quand le temps viendrait. C'était une période d'attente et de projets, de vacance. Les madous piaillaient en gravissant le mont, en boulant dans la gadoue et râlochant un peu de cette pluie qui durait, s'exclamant avec des airs d'oiseaux surpris quand elles remarquaient combien les arbres avaient grandi depuis la veille sous les trombes d'eau. Elles s'asseyaient à l'intérieur de leurs maisons près des fenêtres, discutant de la verdeur, de la brillance et de la largeur des feuilles de maracoudier. Quand les gueuniards rentraient de leurs explorations, transformés en cailloux du fossé – boueux, boueux –, elles les séchaient, les étouffant presque sous leurs jupons et entre leurs seins. Elles te les plongeaient dans les baignoires de faïence dont elles sont si fières, faisant mousser la maison entière. « Ah, la Bakouna baigne ses petits », disaient les madous sur le chemin en voyant des bulles s'échapper des cheminées, étincelantes dans la grisaille. Aussitôt, elles se pressaient jusqu'à leurs chez-elle pour faire de même avec leurs gueuniards.

Et c'est tout un travail, voyez-vous, de ne pas avoir des enfants tristes. Les madous prennent du temps et se donnent du mal pour que les loupiots soient gaillards ou nénettes, rieurs et effrontés. Dans le pays Tonnerre où il fait pluie vent et bouillasse la moitié du temps, suffit que votre petiot attrape la maladie grise quand vous avez le dos tourné et il traîne ça, ma foi, toute sa vie – qui se termine bien vite au fleuve dans un grand plongeon triste. Alors les madous surveillent et réprimandent, elles font des fêtes et sont attentives, elles écoutent et observent, elles secouent quand il le faut et inventent. Et lorsque parfois une jolie mano comme celle du mont vous fait une tristesse sans raison chaque hiver, les madous s'en occupent et conseillent les bains chauds, la musique et la cannelle.

Par moments, elles se sentent abattues, il ne faut pas le montrer aux autres, ni aux petiots ni aux hommes qui passent, elles se mettent devant le miroir et se maquillent et se concentrent et se composent, et c'est comme si d'ici peu le soleil allait crever tout ce goudron.

Même sous ces valses d'eau, les madous aiment à bavarder entre elles. Les conversations roulent sur le temps et le fleuve mais aussi sur les cousines égarées parties à la ville vivre dans des deux-pièces-cuisine-équipée sombres et humides – cette foutue odeur de moisi qu'on traîne sur ses habits, sur son petit chapeau, dans son sac, jusqu'au téléviseur qui verdit – et qui sont seules, parce qu'on est seul à la ville ; on rentre le soir, on allume très vite la lumière – pas de lumière trop vive cependant, parce que la misère devient trop visible – et on reste sur le pas de la porte en laissant s'échapper un soupir ; il y a le chat qui attend et qui se frotte à vos chaussures tristes ; on aimerait croire qu'il est content de vous voir surgir là comme à l'improviste, qu'il vous attendait, qu'il se languissait, mais on ne peut pas ignorer qu'il ne s'agit que d'une histoire d'estomac. Les madous sont intarissables sur le sujet des cousines stériles parties à la ville. Elles n'ont ni homme ni petit, elles ont juste ce deux-pièces-cuisine mal distribué qui sent le moisi et la moquette-poussière. Les madous trouvent ainsi de l'avantage à vivre en couleurs et entre elles, même avec de la pluie pendant des lustres et la mort-bounta qui vous sape les mollets quand vous ne vous y attendez pas. Même s'il faut se tenir bien droites pour ne pas sombrer, même si cet effort de guerre nécessite la mise au monde systématique de tout un tas de niniards – parce qu'il y en a toujours un ou deux pour partir à la ville, un autre qui se jette au fleuve, un qui devient triste et quelques autres fauchés par la bounta –, même si ça veut dire vivre sans les hommes une bonne partie de la vie, « au moins on est ensemble, mes sucrées », même si le temps ne se prête pas toujours à la rêverie de peur d'être rattrapées par la morosité, il faut bouger, bouger, parler, sauter dans la boue. Il ne faut pas juste attendre le soleil.

Les madous parlent des cousines tristes et se laissent emplir par leur joie de madous.

Et quand elles ont entendu – les bruits remontent le cours du fleuve avec les mouettes et les marins – que le beau Jo s'en venait accompagné de son raton laveur, les madous se sont tout à fait débarrassées de leur vague à l'âme. Elles les ont attendus avec un frisson d'inquiétude. La chevrolet jaune était presque là, apparaissant déjà comme un signe bénéfique, une éclaircie. Les démons et le malheur ne débarquent pas dans une voiture jaune.

La grande madou-madou rouge – ô ma reine – monta voir la mano. « J'irais, voilà. On n'a pas idée de laisser cette jolie-là toute seule dans sa caverne… » Les madous avaient approuvé sans s'approcher et prédit à la madou-madou rouge une accalmie de quelques minutes en scrutant le ciel, la poussant presque sur le chemin, soulagées de ne pas être obligées de monter vers ce lugubre lieu.

Parce que, malgré les peurs de madous, la grande madou-madou rouge sait qu'il faut se mêler des histoires de femmes, toujours, pour les aider et les sauver de leurs propres appétits destructeurs. Les madous le reconnaissent. Les seules histoires qui ne les concernent pas, ce sont les histoires d'hommes. Et ça, les histoires d'hommes…

Les petits hommes des carrières et du fleuve vous le diront, les madous leur ont réglé leur compte. Elles en ont soupé des incestes et des viols, veulent plus en entendre parler. Alors, au fur et à mesure, les hommes sont devenus plus petits, plus absents ; l'éducation de chaque génération d'hommes à venir était entre leurs mains à elles. Elles n'ont pas loupé le coche. Elles t'ont pris ça à bras-le-corps, rendant les filles plus grandes, plus fortes, plus autonomes, et faisant de minuscules bonshommes sans agressivité.

Depuis, on ne se mêle plus des affaires d'autrui en matière d'hommes, on ne se glisse finalement que dans les affaires de femmes. Il faut tout de même quelques principes.

Aussi la madou-madou rouge digne et ronde en planète a-t-elle gravi le mont en empruntant le chemin sournois. Elle a soulevé ses jupons endentellés et frappé chez la mano.

« Mano douce, il va y avoir la fête et un bel homme qui va se montrer, viens donc, la belle, viens donc », lui dit-elle quand elle apparut à la porte.

La belle avait un regard brumeux et la tache de vinotente incandescente.

« Mets des couleurs. Ne reste pas là. Je vais t'aider. »

La madou-madou rouge me l'a poussée à l'intérieur, elle s'est fait un chemin dans cette maison de pierre pas tellement gaie.

« Pourquoi tu vis là, ma sucrée, pourquoi tu ne descends pas ? Cette maison est bien trop grande et trop humide. Ne trouves-tu pas ? »

La belle a souri un peu, appuyée contre le mur – qui suait comme un corps, c'était à vous crever les poumons tant il y avait de mouillure –, elle portait du blanc et un turban peint pour retenir ses cheveux.

« Tu fais des choses si belles, ma sucrée, regarde-moi ces foulards, ces étoffes-là, il n'y a que toi pour nous trouver des couleurs si brillantes. Viens, viens donc. Laisse-moi te coiffer, te parfumer et te peinturlurer. »

La madou-madou rouge a froncé le nez – odeurs de champignons, de cave et de mort verte –, elle a vu les fourmis électriques entrer bien vite dans les fentes du mur, elle a frissonné, sentant tout autour d'elle la maladie triste passer en chapes de brouillard.

« Fais ce que tu veux, madou-madou. Je me sens un peu lasse », a dit la mano avec un geste fatigué – un envol – de sa main.

La madou-madou rouge a déshabillé la belle, l'a plongée dans un bain et, pendant que l'eau clapotait et bullait sur la peau de la mano triste, elle a pilé les épices et mélangé les parfums, elle a fermé les portes et ouvert les fenêtres – parce que la maladie grise, c'est connu, s'immisce en rampant –, la pluie a même esquissé un arrêt durant quelques secondes. Les deux madous – mano et rouge – se sont tournées, suspendues, vers la fenêtre, ont eu l'impression d'allonger le plus possible l'instant où la pluie avait cessé. Et puis de nouveau les trombes, la clarté de l'eau sur les feuilles et le sol, tout cet éclat. La madou-madou rouge est retournée à ses préparatifs et la mano douce a essayé de ne voir à travers l'eau du bain ni son ventre ni ses cuisses, juste la peau de ses bras parce que c'était chose innocente et qu'elle ne supportait plus d'être corps et chair. La madou-madou rouge a approché un tabouret en chantonnant et en claquant des talons, elle s'est assise derrière la douce qui était dans la baignoire et a entrepris de la coiffer. La mano n'arrivait à penser à rien. Son esprit se diluait dès qu'elle tentait la moindre sortie vers l'extérieur. Son cerveau devenait mou et spongieux, il semblait épuisé comme dans les rêves où l'on perd le fil de ses idées. La mano soupirait et soufflait avec des airs de madone. Ça aurait fait sourire la madou-madou rouge si elle n'avait su qu'il y avait là réelle douleur.

Alors elle a coiffé la belle, elle l'a sortie du bain, l'a frictionnée avec des toiles rêches et grattouillantes, lui a jeté des huiles et des ensorcelleries de madou, en la vêtant de jaune et de bleu pour appeler le soleil, en se disant, ma foi, que la douce n'était pas si sauvage, suffisait de la prendre en poigne. Et les madous ne pouvaient vraiment laisser personne dériver dans la maladie grise. Sinon on pourrit tout debout ou bien on finit par se jeter au fleuve. Et laisser couler la mano qui faisait des foulards et des tissus si mille-couleurs, non, ça n'aurait pas été sérieux. On voulait bien la laisser tranquille tranquille dans sa grande maison tant que son souci ne la poussait pas à quelque extrémité.

Quand elle en eut terminé, la madou-madou laissa un peu la mano seule dans sa grande salle en pierre, la laissant tourner, racler le sol avec ses talons, souffler et soupirer. Elle alla à la cuisine, la trouva oh là sinistre, regarda la faïence et le poste de radio, la fenêtre aux montants pourris – fenêtre-éponge laissant passer le vent, les bestioles et la pluie.

Dehors, elle ne voit que les cailloux, les grandes feuilles de ninacoubray (la madou-madou se penche sur l'évier pour mieux voir, elle retire brusquement sa main, tout est visqueux et gravillonneux, comme un reste de sable humide) ; dehors, elle n'entend que les trombes d'eau, leur fracas est devenu un second silence, un bruit blanc. La madou-madou rouge sent la vermine qui tente de la prendre avec elle, de l'entraîner dans la grisée.

« Par mon homme, quel endroit… »

Elle frissonne et renifle la rouille qui veut s'insinuer dans ses membres. Elle va à la porte de la cuisine et voit la belle qui tourne dans son bleu et son jaune. Elle pense que vraiment il faut la faire sortir de sa maison pierre et bois et vite et vite avec ça. La madou-madou rouge se met alors à la porte et attend que quelqu'un passe sur le chemin pour qu'il puisse les abriter et les faire descendre du mont. Elle attend un moment, se retourne parfois et regarde la mano assise sur son tabouret qui zyeute ses ongles. Perchée là, elle sourit par instants mais on ne sait pas tout à fait à qui et pourquoi, parce que ce sourire-ci est tout habité d'une de ces tristesses sans rime, du genre « laissez-moi, laissez-moi sombrer en paix » et ça ne rassure pas la madou-madou, qui piétine sur ses deux pieds minuscules, balançant ses cerceaux de chair d'une jambe à l'autre. Elle se concentre de nouveau sur la pluie et le chemin qui descend du mont et qui passe derrière les mangouviers juste en face de la maison. Ceux-ci grandissent d'heure en heure, la pluie épanouit leurs larges feuilles – délicieuses en infusion, séchées et pilées – et leur fait gagner du terrain à vue d'œil. C'est étrange, un instant, vous apercevez encore la maison jaune de la Chatine et, hop, la voilà disparue pour de bon. La bonne madou-madou ne peut s'empêcher de trouver cet accroissement inquiétant. Elle a envie de sortir de chez la mano pour se désengluer de toute cette angoisse. Elle se retourne de nouveau et surprend alors quelque chose, là, de, comment dire ? carnassier dans le regard de la belle qui cligne des yeux sur son perchoir. Elle tente de se reprendre mais dans sa gorge persiste l'impression d'une férocité camouflée. Alors la madou, la grande madou-madou rouge, que la maladie n'a pas prise depuis des dizaines et des dizaines de saisons, se sent à deux doigts de l'effrondrement. Elle perçoit la pression de la grisée sur ses neurones – et ça craque et ça frappe et ça tente de se frayer un chemin jusqu'à elle –, la grande madou-madou claque du talon et secoue la tête. La panique s'inscrit dans ses gestes.

« Oh là, par mon homme-marin, que je me sorte de là. »

Il lui fait froid, puis suite de suées. La particularité de cette vermine morose est de vous plonger dans l'immobilisme. Là, tant que vous ne bougez plus, elle peut se faire une place confortable en vous, impossible de l'en dénicher. À ce moment, elle aperçoit une feuille de ninacoubray tressauter au-dessus du sol sur le chemin, alors elle se met à glapir pour que sa voix porte jusque là-bas, son cri a des accents, mon Dieu, une détresse à vous glacer les substances vitales.

« Oh là, l'homme Tonnerre, viens donc nous sortir d'ici. »

Parce que les madous – les vraies, les rouges, les enjuponnées – ne sortent presque jamais sans être abritées. Sinon leurs couleurs déteignent, s'estompent, tracent leur chemin dans les cailloux, leurs beaux habits se délavent et c'est bien triste.

Voilà un homme sec d'ici – mais c'est le doux Bakoué, est-ce possible ? – qui s'empresse vers la grande madou-madou, offre son abri – sa large feuille de ninacoubray, qui elle aussi continue de croître sous la pluie, pend sur les côtés avec un air las – et me sort les deux madous – rouge et mano – de la maison de pierre. « La mano douce, viens donc par ici, ma sucrée, viens, nous allons descendre et nous amuser et oublier la pluie. » Quant à elle, la bonne madou-madou espère oublier ce sourire anthropophage de la belle, aperçu, disparu…

Et voilà les trois Tonnerre qui descendent. La belle est jaune et bleu et ne pense à rien – elle ne fait pas attention à la bouillasse et aux cailloux rouleurs, elle a la tête égarée, elle s'en rend compte par moments, alors elle tente de rattraper ses esprits, elle essaie de rassembler ce qui s'éparpille, mais c'est dur et elle se sent lasse, ses sourcils retombent, elle se rendort. La madou-madou rouge tient la traîne jaune-bleu de la belle et souffle en dévalant le mont sous la feuille de ninacoubray. Au-dessus l'eau clapote, le Bakoué fait une gouttière sur le côté de la feuille et l'eau se met à lui dégouliner sur la tête. Il s'en fiche, je crois, il a l'air heureux d'accompagner ces deux madous vers le fleuve, il aime les madous colorées, ça lui réchauffe les entrailles. Ça lui laisse espérer des jours meilleurs. Il voit dans ces deux gracieuses l'annonce du printemps. Il se demande – tout en se mouillant les genoux – si elles ont des informations, si quelque marin venu du bout du fleuve leur a confié que les pluies allaient cesser. L'homme Tonnerre – qui se souvient s'être énamouré de la mano en des temps reculés à cause de sa tache et de ses longues jambes – gambade et se sent le cœur léger. Mon Bakoué, si gentil, si long et sec et inoffensif que les madous le dorlotent et le houspillent tout le jour.

Enfin, ils arrivent en bas du mont. La madou-madou rouge les dirige vers sa baraque. À l'intérieur, il y a de la lumière et de la musique, on entend des gueuniards qui se chamaillent et un grand bourdonnement de madous qui conversent. Elle ouvre la porte, le Bakoué reste sur le seuil et attend quelques instants dans cet éclat de fête. La madou-madou rouge tire la mano pour qu'elle entre. Toutes les madous assemblées se taisent en un murmure, sourient, froncent un tantinet le sourcil, clignotent – elles sont assises en rond près du feu, elles ont l'air de briller et sentent la cannelle tant elles mangent de petits gâteaux. L'une d'entre elles se lève et va vers les deux madous, elle accueille les dames et cligne de l'œil au Bakoué, qui se retire tout retourné. Il s'en va raconter au Georges qu'il a vu la mano si jolie et colorée, il s'en va s'occuper de ses petites affaires d'homme Tonnerre qui jamais ne fait rien d'important. Mon Bakoué sort et regrette peut-être en cet instant de n'être ni une madou ni un marin, de n'avoir pas plus d'utilité qu'un outil égaré, tombé derrière l'armoire. Mon Bakoué sort, réfléchit lentement et marche sous la pluie ; il hoche sa tête qui goutte et se sent presque triste tout à coup…

Pendant ce temps, dans la maison, toutes les madous de Tonnerre parlent de la chevrolet jaune, elles se regardent et font une place à la belle sur les coussins et les fatras, sur les broderies et les tissus, elles lui présentent les fruits confits et les galettes, elles lui servent un peu d'eau de joie en roucoulant parfois. La belle se laisse porter et trouve ça doux, elle rêvasse et pense qu'elle aimerait un gueuniard à elle dans la maison du haut, elle s'en occuperait bien

– Un peu plus de chocolat, la douce ?

elle le cajolerait et lui apprendrait à vivre au-dehors.

La belle n'a pas envie de s'encombrer d'un homme vrai, mais un petit Kinjo, ça la séduit assez. Elle sourit

– Un peu plus de chocolat, la douce ?

elle se dit qu'elle saurait faire ce qu'il faut. Aucun doute là-dessus. Elle se cale dans ces coussins qu'elle caresse du bout des doigts, ils sont rugueux et mous et laissent échapper de petits soufflets de poussière quand on s'appuie sur eux. Elle regarde les lampes et les guirlandes de piments et de fleurs séchées. Les murs sont jaunes et tout est si lumineux qu'on ne voit pas ce qui se passe dans l'obscurité du dehors – pluie boue et clapotis-méduse qui laisse sa trace sur vos vêtements et votre peau.

Pendant un instant – oh pas longtemps mais ça suffit parfois à faire reculer l'ennemi –, la belle mano s'est sentie bien auprès de ces charnues ventrues madous d'en bas. Ce fut une imperceptible seconde de sérénité. Puis les petites angoisses rappliquèrent – et s'il continue à pleuvoir, le fleuve va monter, on va mourir noyés ou les réserves ne suffiront plus, on va manquer de cannelle, la viande séchée de managoué va se détremper et pourrir, les hommes dans les carrières derrière le mont vont être pris dans le raz de marée qu'on nous promet chaque hiver, peut-être que le soleil ne reviendra pas, n'était-il pas déjà revenu l'an passé en ce même jour ?... –, mais, au moins, pendant à peine quelques secondes, la mano s'est sentie satisfaite et à l'aise.

« Un peu plus de chocolat, la douce ? »

Elle a dit oui oui à tout ce qu'on lui demandait, la belle. Accompagner la sage-madou chez une mano pas en forme dont le ventre ne grossissait pas alors qu'elle avait deux petiots à l'intérieur, préparer les gâteaux secs avec la madou-madou rouge, garder les niniards de la jaune quand elle irait chercher son homme au quai – il revient, la mano, il revient mon homme, j'aimerais le récupérer juste au débarquement –, venir avec toutes ces madous-là accueillir Jo et Bikiti, préparer la salle des fêtes pour recevoir tout ce monde. S'agiter oui, s'agiter. Courir si vite que la maladie grise peut pas vous rattraper. Vous la laissez au virage, et si vous faites bien attention, vous en voilà presque débarrassé.

Voici les madous qui s'éparpillent sous la pluie. On demande à la mano de rester là avec la madou-madou rouge qui a des choses à préparer dans ses cuisines. Et là, ma mano se met à la fenêtre et regarde la boue qui ploque avec ses minuscules cratères laissant échapper de petites fumées.

« Là, là, ce n'est pas une occupation saine », intervient la madou-madou rouge et elle me l'emmène avec elle pour ne laisser aucune prise au vague à l'âme.

6

La chevrolet jaune est arrivée, le Bikiti en est sorti. Il a couru se renseigner, vérifier qu'on les attendait bien, que c'était la ville Tonnerre dont on lui avait parlé, il a avancé, entouré de pépiées-femmes, glissant dans la boue, laissant un pied dériver vers la droite, le ramenant vers lui avec efforts, grimaces et sourires, grognant avec de petits bruits de dents que c'était bien là un foutu temps, qu'il faudrait que la gente du bord du fleuve soit très aimable pour lui faire oublier ça. Mon Bikiti gesticulait et ça faisait rire les madous. Un rire très fort, vous voyez, de poitrines déployées et de seins sauteurs, avec la pluie dans la bouche à cause de la nuque renversée. Comme il y avait très peu d'hommes à ce moment sur le mont Tonnerre, elles se retrouvèrent tout émoustillées en en voyant débarquer un si petit, si ridicule avec ses grands carreaux en guise de lunettes et toute cette pluie qui dégoulinait sur lui. Elles l'auraient bien chahuté, bousculé, chatouillé, poussé d'épaule à épaule, mais elles se sont tenues, gloussantes et chavirées.

La madou-madou rouge accueillit mon Bikiti trempé.

« Un ragondin, un ragondin du fleuve », murmurait-on chez les enjuponnées.

Elles le laissèrent pénétrer sans escorte dans la cabane de la madou-madou et attendirent sous les feuilles de maracoudier géant en sautillant sur leurs pieds minuscules pour ne pas s'enfoncer dans la gadoue.

« Un ragondin, c'est un ragondin », répétèrent-elles quand elles le virent ressortir de chez la madou-madou rouge. Ils semblaient s'être accordés et souriaient presque en même temps.

Elles n'osèrent pas suivre le Bikiti jusqu'à la chevrolet citron.

« Un ragondin, c'est un ragondin. »

Elles restèrent sur le bord du chemin sous les feuilles de maracoudier et c'est de là qu'elles virent le Jo sortir de la voiture. Il y eut un grand murmure parce que mes madous aiment les hommes qui en sont. Il y eut des cris, des soupirs ; ça vous remue, un géant tout en rose et en dorures. Ça vous délie les langues et désoppresse les poitrines. Tout ceci fut accompagné d'un froufrou de jupons et de coiffures que l'on remet d'une main, en effaçant d'un doigt le reste de maquillage sous l'œil – qui dégouline toujours un peu avec la pluie –, on se rengorge, on fait les yeux-papillons et on espère qu'il vous regarde. On se sent forte dans le groupe mais on aimerait que les autres disparaissent, qu'il ne reste que soi, que la lumière – et hop – tombe droit sur soi.

Et voilà mes oiselles toutes clignotantes pour attirer l'attention du beau Jo. Celui-ci crut être tombé dans un sérail aquatique. Il était incapable de distinguer une enjuponnée d'une autre ; il ne voyait qu'une masse féminine de frémissements mouillés. L'environnement l'a dérouté ; il s'est senti submergé par la boue et les chatoiements d'étoffes des madous. Puis il a repris son calme et son souffle ; le Bikiti allait s'occuper de tout ; le Jo n'aurait rien d'autre à faire qu'à s'exhiber, carcasse et montagne.

La mano s'était mise tout derrière ; elle avait commencé par observer la scène de la fenêtre de chez la madou accueillante. Puis, surmontant ses mouvements de l'esprit qui l'empêchaient de faire un pas, elle décida de mettre un pied dehors. Elle tournait sur elle-même tant elle hésitait à sortir. La douce se surprit à sourire de sa propre indécision.

Ma belle, te voilà ridicule, se dit-elle.

Alors elle y alla.

Tout d'abord elle ne vit rien, juste des madous glorieuses qui émettaient des petits bruits de contentement. Elle se faufila et, enfin, elle aperçut mon bon Jo et en fut toute remuée. Ça lui descendit le long de la colonne, fourmilla un moment dans ces zones obscures et remonta jusqu'à ses doigts. Et voilà ma mano prête à la féminité et à la séduction. Elle retira turban et broderies, laissa ses cheveux aller et s'avança. Les madous, distraites de leur contemplation, s'écartèrent, sourcils en pointe. La mano soulevait d'une main tous ses attirails et tendait son écharpe vers le Jo. Qui finit par comprendre ce qu'on attendait de lui. La mano se tenait sur la pointe des pieds, étirant ses bras pour passer le tissu autour du cou du Jo. Il avança d'un pas et se pencha vers elle. Le turban pendouilla sur ses épaules, trempé et tout à fait minuscule. Mais ce n'était pas très important. La mano avait fait son premier pas vers quelqu'un depuis le début de la saison grise.

La tache de vinotente – tu l'as, tu l'auras – dérouta mon géant, et les yeux qu'il y avait tout derrière achevèrent de le troubler. Il se tourna vers le Bikiti pour chercher du secours. Mais celui-ci – étriqué dans son costume qui rétrécissait à vue d'œil – avait des airs de tortue au moment de la ponte. Le regard affolé – mais qu'est-ce que je fais là ? –, perplexe devant les prédateurs – grincements et claquements de dents. Toutes ces madous – un mur de verroteries et de tissus –, et le pays entier n'étaient pas à la mesure d'un Bikiti-tortue. Il a reniflé en se grattant la gorge, regretté ses talonnettes et tiré le Jo par sa manche en moumoute qui dégoulinait.

« Pas un endroit pour moi », a murmuré le Bikiti, déjà sensible aux microbes tristes du lieu.

« Pas un endroit pour moi », a répété le Bikiti en huilant le Jo, ce soir-là. Ils étaient chez la madou-madou rouge dans le cabanon qui sortait en excroissance de sa maison. Il était tout de bois humide – récupéré au cours du fleuve – et de tentures. C'est important ces petites choses pour égayer votre refuge contre le vague à l'âme. La madou-madou faisait quelques apparitions et jaugeait le Jo avec des clignotements. Elle parfumait la pièce à l'aide de lampes qui dégageaient de lourdes odeurs écœurantes, les agitant devant elle pour que leur fumée s'échappât et les enveloppât. Le bois du fleuve s'imprégnait de cette suée-là. Elle ressortait en souriant et en soufflant parce que se déplacer n'est pas toujours simple quand on est une madou ronde au corps en cerceaux. Le Bikiti avait refusé son aide pour préparer le Jo. D'ici qu'on s'aperçût que mon ragondin n'était pas si indispensable et qu'une madou pouvait faire l'affaire... Son échine se trempait rien que d'y penser. Imaginer son Jo, tchao, tchao, trouver la vie plus facile tout seul ou avec un(e) autre. Le Bikiti avait du mal à penser à ce que pourrait être sa vie après le Jo – retourner dans les plaines et attendre que le temps passe, brrr, attendre qu'un cocu mal intentionné armé d'une machette retrouve sa trace et le coupe en rondinelles pas plus épaisses que ça, brrr –, ça le mettait en colère contre mon bon gros simplement à l'idée qu'il pût le quitter.

Pendant ce temps et ces petites angoisses de Bikiti, le Jo se regardait dans le miroir, il se souriait, il avait l'impression de pouvoir tenir sa peur à distance, celle qui lui avait mis le grappin dessus et qui grignotait son estomac par moments. Être sous le mont Tonnerre, avec toutes ces madous glottantes – oh là –, ça lui mettait de la pommade aux endroits où ça tirait. Il s'est dit: C'est bizarre, je ne verrai jamais le mont Tonnerre hors des brumes, et là, voilà, c'était revenu, les idées mornes, le belouse, les petites bestioles qui gambadent sous le crâne, vous avez beau avoir ce miroir devant les yeux qui vous prouve que vous êtes solide, solide, que même s'il gèle jamais vous ne vous fendrez, pas de fissure, rien, eh bien, malgré ce constat irréfutable, les fourmis qui piquent – marabounta – débarquent et établissent leur caserne dans votre grenier. Il n'y a rien à faire. Elles sont plus nombreuses que vous, elles grimpent le long des parois de la tête, et ça vous gratte.

Mon Jo se regarde et se voit, il est si grand qu'il se

donne le vertige, il aperçoit le Bikiti qui lui masse les avant-bras, debout sur un tabouret. Comme le monde est petit, se dit-il. Suis-je aussi fragile qu'eux, suis-je donc mortel ?

Oh, ma douce, ma douce, pensa-t-il. C'était office de juron-ponctuation. Oh, ma douce, ma douce, se répéta-t-il. Il avait dû entendre les madous s'interpeller avec ces petites tendresses-là. Il sourit, se sentit un peu mieux, érigea quelques barricades contre les fourmis-bounta.

La madou-madou, large comme le Jo était grand, vint les chercher, et tous ses yeux brillaient à la fois.

Mon grand se reboussola, revint sur terre, réintégra les couches humides de la planète et, hop, il lui fallut se montrer.

Vinrent toutes les madous du Tonnerre et puis quelques-uns des hommes de passage. C'était à la salle des fêtes, celle aux courants d'air et aux araignées d'eau. Sous ses pilotis vivent les iguanes du mont, qui beuglent parfois la nuit en pataugeant. Ça fait un bruit-malheur terrible ; les madous y voient des signes alors elles murmurent des contresignes. Et ça passe.

Ce soir-là, les iguanes s'étaient tus. En revanche, les madous, oh là, pas farouches, te racontaient de ces histoires grivoises et riaient de leurs propres clignements d'œil avec des tremblotements de poitrine – on aurait dit de la gelée de managuier. Il y avait les si belles madous, celles qui sortent à peine de peur de se tacher avec la boue, elles brillent, elles ont des boucles d'oreilles bleues qui attrapent des coups de lumière, elles remuent la tête pour les entendre carillonner et pour que leurs éclats résonnent sur tous les murs de bois. Elles ont des yeux, oh là, si noirs et des airs de princesse. Les madous les bichonnent et les soignent. Tant qu'il y aura de si belles madous, les hommes reviendront sur le mont Tonnerre. Et l'on pourra continuer à vivre ainsi.

Ça bourdonnait, ça faisait tout un monde de l'arrivée du Jo. Les petites loupiotes se sont éteintes et le Bikiti est arrivé sur la scène.

Dehors, la mano avait hésité à venir, elle avait tourné, tourné jusqu'à se couvrir les mollets de boue. Elle avait fait cliqueter ses bracelets, senti toutes ces mains la tirer vers l'intérieur – certains événements ne trompent pas, la mano était prête à ce qu'elle sentait avoir attendu pendant toutes ces années. De petits cataclysmes bruissaient dans son sang. Toutes les sorcelleries et leurs traces dures la malmenaient pour la faire avancer. La belle à la vinotente ne s'appartenait plus. Les temps immémoriaux et la montagne Tonnerre la tenaient sous leur coupe. Alors il y a eu un petit bout de lune qui a rendu la route brillante ; la mano a levé le nez. Le ciel était fermé depuis tant de jours que c'était un miracle cette luisance-là. La mano a sorti sa flasque d'alcool de mamanier, elle a dévissé le bouchon en gloussant un peu et s'en est versé une rasade. Ça lui a brûlé tout le corps jusqu'aux orteils – elle les a agités en souriant –, et la lumière se trouvait maintenant à l'intérieur.

Elle a ri un peu dans sa main, se cachant comme si on allait la surprendre, et ses yeux ont tourné en tous sens, elle s'est sentie féroce et carnivore en se mordant le poignet.

Dans cette lumière de lune, elle aperçut les dernières

enjuponnées gravir les marches de la salle des fêtes. Elle y alla, tout électrisée, et elle se raconta de petites histoires pour oser s'asseoir près des madous ; elle s'imagina porteuse d'une nouvelle forme de vie, qui luirait et palpiterait – jusque dans ses doigts de pieds. Elle grinça des dents au milieu des autres femmes quand mon beau, mon grand Jo apparut, oh le gros animal, comment sa mère a-t-elle fait pour le porter, c'est la rencontre d'une montagne et d'un volcan, il est plus gros qu'une baleine ou qu'un marocayou, oh dada, avoir un homme tous les jours comme ça plutôt qu'un tout petit jamais ici. Et je te mets des coups de coude dans les côtes, et je glousse, et je chuchote assez fort pour que les marins-hommes qui sont au bout de la rangée m'entendent et soient piqués et je me trémousse et je cligne de l'œil aux autres madous, là là, être sous un homme pareil, sentir tout son poids sur mes seins, j'aperçois la mano du mont qui ne rit pas, elle, qui se penche en avant comme pour mieux voir un noyé du haut du pont, toute crispée, elle clignote avec son turban, sa tache et ses yeux-colère, alors je regarde ailleurs et je crie avec les autres pour que le Jo descende et sorte dans la boue et porte des charges et coure jusqu'au fleuve et combatte plusieurs hommes à la fois. Et je crie avec les autres. Et la mano crie plus fort que nous tous à la fois, je me demande d'où lui vient ce souffle. Je ne comprends pas ce qu'elle profère. Mais ça m'a l'air barbare. Je lui trouve des airs de misère et je me souviens de sa solitude – il n'y a d'autre bruit chez elle que ceux de la pluie et de la vieille radio invisible et celui de ses propres pas –, et je suis prête à tout pardonner à cette pauvresse-là.

Voilà le Jo qui descend de l'estrade et s'approche de nous, il marche dans l'allée et elle est tout près de lui, il ne la voit pas, pourtant je la trouve si éclatante, oh la brusquerie de cette fille-là, ça me brise les yeux de la regarder opérer. Elle a toujours été comme ça. On ne peut rien y faire. Ça lui vient de sa mère ou du fleuve, de tout à la fois. Oh ma belle, comme elle est dure.

Le Jo passe, les femmes applaudissent et font claquer leur langue. Une si exceptionnelle créature fait l'unanimité sur ce mont-là. Les hommes Tonnerre sont si petits – secs nerveux et sombres. Nous avons toutes la tête renversée pour zyeuter son visage – d'ici qu'il regarde l'une d'entre nous. Cet homme-là amène la joie, il baigne dedans. Son affreux minus le suit, du genre pique-bœuf, gambadant dans la travée derrière lui, sautant à pieds joints pour voir ce qui se passe devant, tu parles d'un service d'ordre. Je crois que tout le monde ici aimerait prolonger ce moment, rester enfermé dans l'instant clos où le Jo est descendu de l'estrade et a traversé la salle au milieu des madous glottantes. J'ai regardé tout ça, et la madou du mont, la mano qui semblait brûler vive, les yeux se détachant du visage, voulant rouler à terre, la peau se tirant, se collant aux pommettes, la mano prit ses airs de madone et je ne sais pas mais ça m'a rappelé les sorts de la Chatine – quand elle voulait un homme, elle l'avait et, l'affaire terminée, il se jetait au fleuve –, je me suis dit, oh pauvre Jo, je me suis dit, Madou, heureusement qu'elle a pas jeté son dévolu sur un petit homme Tonnerre. Oh là, pas de ces désastres-là. Je me suis sentie bien triste. Et je me suis dit, celle-là, on n'aurait jamais dû la faire descendre de sa montagne.

Tout le monde est sorti. Il pleut encore. Les babadés sont arrivés avec leurs tambours et leurs flûtes. C'est une fête comme le mont n'en a pas connu depuis longtemps.

Voilà le Jo qui se met bien droit les pieds dans la bouillasse ; on a accroché les lampes dans les arbres et leurs ombres gigotent sur eux tous. Il y a des airs de tempête ici-là. Voilà le premier marin-homme qui s'avance. Il est si petit que c'en est pitié. Comment peut-il prétendre se castagner avec un Jo ? C'est de la cocasserie ou bien du désespoir, se murmure-t-on dans les rangs. Les madous frémissent et se trémoussent, elles regardent le Jo empoigner le petit homme qui le mord et le griffe et lui invente de minuscules tortures. Le Jo le soulève au bout de son bras et l'abat à terre dans un grand jaillissement de gadoue et un recul épouvanté-émoustillé des madous.

Puis une voix – une voix de madou ? – lance (et ce cri-là est strident et prêt à tout pour se faire entendre) : « Au fleuve, au fleuve. »

Et voilà le monde à madous accompagné des babadés fêtards et du Bikiti-sauteur qui s'en va vers le fleuve, entourant mon Jo. Le mont Tonnerre tout entier est arrivé sur la berge, et de tout ce monde-là émanent des vapeurs et des cris et des claquements de mains, des glottis de femmes et des odeurs de corps attroupés.

Le Jo a plongé dans le fleuve. Son buste a capté la lumière et, luisant, a disparu dans l'eau. On retient son souffle. Persistant sur la rétine, l'éclair de ses écailles dans la pluie qui tombe. Les madous se penchent, scrutant la surface du fleuve piquetée de gouttes. Oh là, par le Tonnerre, pensent-elles toutes. L'excitation retombe d'un coup. Il fait froid. La pluie s'insinue jusqu'aux os et tout le monde de nouveau frissonne. On ne voit pas l'autre rive, on aperçoit juste les fantômes des bateaux qui clapotent plus haut, en amont. Les madous grelottent, vrillées sur le fleuve qui continue sa course et leur décrit ses traîtrises avec des remous-entonnoirs. Elles ne soufflent plus, suspendues. Et, dans un jaillissement de baleine, éjectant l'écume par les yeux, la bouche, les oreilles et le nez, il est sorti de l'eau ; elles ont projeté leurs lampes sur le fleuve et l'ont aperçu au loin. Un instant, la crevaison de l'eau a été si violente et soudaine qu'elles ont pensé le retrouver en morceaux, dévoré par un crogator ou quelque cétacé tordu.

Elles respirent et gloussent de plus belle ; la musique a repris. Elles le voient bouger sous l'eau, passer sa tête dans la lumière, se gonfler et grandir encore. Elles imaginent la crue que son plongeon a dû créer en aval. Elles rient et lui font de grands signes. Il a remonté de sous le fleuve une grosse boîte en bois. Il la tient à bout de bras. Et ça n'a rien de possible. Comment peut-il rester immobile dans cette eau noire qui file ? C'est une question qui fait réfléchir toutes les madous du bord. Elles lui trouvent alors des airs de demi-dieu. Oh oh, mais qui c'est donc ? Et voilà mes madous sous la pluie, qui ne pensent plus aux feuilles de nina-coubray qui pourraient les protéger ; elles se laissent aller à des pensées bizarres. Comment fais-tu là, le grand gars ? Celle-ci songe à sa sœur de la ville à qui elle racontera l'exploit, elle met déjà tout en mots, elle n'est plus là, elle est demain, quand elle écrira cette histoire à sa sœur de la ville. Celle-là se souvient de son homme Khanou qui est parti pour les montagnes et les carrières et qui n'est toujours pas revenu, on lui a dit qu'il était resté dessous, soufflé, mais elle sait – elle a interrogé qui de droit, les ciels, les oiseaux et le fleuve – qu'il s'en est allé avec une plinasse des hauts plateaux, plus ronde plus blonde plus liane. Celle-ci se voit partir sur un bateau avec cet homme-là, descendre les eaux, monter les vagues et retomber, comme ces écorces de managuier que les petiots font dégringoler du mont le long des ruissellements. Oh là, par le Tonnerre.

L'autre, la jolie toute petite qui se tient là à deux doigts de tomber, voudrait juste lui toucher deux mots pour savoir comment ça fait d'être si grand si fort si beau… Voilà les madous rêveuses, les yeux brumeux. La mano du haut, la mano triste, regarde tout ça et dodeline doucement. La pluie coule tout le long d'elle, et ce petit chatouillis la rend trouble. Elle ne rêve pas. Elle ne veut rien. Elle attend. Elle attend que le grand sorte de l'eau, brille dans la lumière comme un poisson chopé dans un projecteur ; elle attend qu'il grimpe sur la rive, la caisse de bois sur une épaule, et l'autre épaule, oh là, bien ronde et bien huilée ; elle attend qu'il rejoigne cette assemblée de madous et ouvre la caisse, qu'il en sorte les crabes minus, les tikanas multicolores et les poux des sables, que tout ce petit monde s'éparpille pour retourner au fleuve, qu'il ne reste dans la boîte que ces quelques outils métalliques qui ne luisent plus, qui sont rouillés et organiques, et là elle pensera aussi : Oh ça fait comment d'être si grand si fort si beau ?

7

Le spectacle a plu aux madous. Elle ont maintenant tout un tas de pensées qui tournent dans leur tête. La nuit est longue ce soir et s'étend le long du fleuve, elle tourne autour du mont Tonnerre et pénètre le cœur des belles. Elles songent aux cousines stériles des villes et se disent que, peut-être, celles-ci rencontrent des hommes comme le Jo. Qu'il y en a plein les rues, les boutiques, les cinémas. Et ça bourdonne dans le cœur des belles. Mais très vite reparaît la satisfaction d'être toutes ensemble là et d'avoir les niniards dans les jambes. Elles ont juste parfois des bouffées de vie libre de cousine stérile. Rien de plus. Et puis, elles imaginent ce que serait le mont Tonnerre sans elles toutes et ça leur semble une traîtrise de s'en aller comme ça juste pour une histoire d'homme, de hauts talons qui claquent et d'enseignes lumineuses qui clignotent. Elles se jettent des regards avant de rentrer pour être sûres que les autres ont bien compris, qu'elles ne seront pas assez folles pour laisser tout, prendre le bac, traverser le fleuve et courir à la ville vers les deux-pièces-cuisine. Les madous ont peur des abandons.

Elles sont rentrées dans leurs maisons, ont retiré les bottes à gadoue ; elles ont pris un léger remontant et couché les niniards. Mes madous ont traîné un peu encore – surtout si elles n'ont pas d'homme à glisser dans leur lit – en sirotant un petit quelque chose sucré et revigorant, et en faisant claquer leur langue pour calmer les petits tout excités qui avaient du mal à s'endormir. Elles ont éteint les lumières – pas toutes, il en faut toujours au moins une qui demeure – et sont allées frissonner entre leurs draps, enfonçant bien leur corps dans les matelas feuillus, s'y faisant la même place qu'hier, y trouvant leurs repères, tâtant du bout des doigts les plis, les creux et les raccommodures, parce que tout se doit d'être familier et doux ; elles ont besoin de certitudes, mes madous, et c'est avec tout cet attirail d'intimités et de reconnaissances qu'elles arrivent à s'endormir.

Il n'y a ainsi plus personne dehors.

Il pleut toujours. Toutes les madous sont parties et assoupies. Aucune d'elles ne peut voir les petits mondes qui s'agitent dans la nuit. D'ailleurs, ce n'est plus une histoire de madous ; les hommes devraient se débrouiller des soucis nocturnes. Mais aucune madou, aucun homme ne regarde ce qui se passe du côté de la salle des fêtes. Là-bas, au-dessus des iguanes accrochés aux pilotis – faut pas se noyer –, on a installé une petite pièce pour que mes deux rigolos y dorment. Gentille attention. Les madous du Tonnerre y ont mis des palmes de ninacoubray enrubannées autour des tuyauteries – pour faire joli –, elles ont posé leurs tapis tissés couleurs-couleurs et deux matelas feuillus pour le dos.

Le Bikiti a dit : « C'est bien, c'est bien, il nous faudrait que des villes de bonnes femmes. » Il s'est retourné sur sa litière avec ses petits cheveux hirsutes qui bougeaient avec lui et ronronnaient doucement au-dessus de sa tête. Il a allongé le bras pour fermer la loupiote, le Jo est resté sur le dos, silencieux. Il entendait sous la pièce sans fenêtre les iguanes qui grattaient, il entendait leur floc mat quand l'un d'eux tombait dans la boue. Jo frissonna et ramena le drap mille-couleurs le plus près possible de son menton – chose pas facile vu la longueur de son corps. Il a écouté le sifflement du Bikiti qui s'est peu à peu mélangé au bruit de l'eau qui gouttait, ruisselait, tirelait le long des murs. Les yeux du Jo étaient écarquillés jusqu'à devenir énormes, semblant vouloir sortir de leur orbite pour aller rouler plus loin... Ils fixaient l'obscurité obstinément. Et rien ne filtrait entre les jointures des portes ou des planches. Aucune lumière.

« Il nous faudrait que des villes de bonnes femmes. »

Le Jo a compté. La Grande Peur refluait. Pour maîtriser les angoisses du soir, il lui aurait fallu du courage et des pensées-refuges, des pensées tout exprès pour ne pas claquer des dents, pour rester calme, des pensées sans sous-entendus, sans pièges cachés. Le Jo a cherché ce qui pouvait ressembler à cela. Mais tout était teinté de nostalgie ou de regrets. Voilà mon Jo si triste et si frissonnant dans la nuit Tonnerre, allongé bien horizontalement pour ne laisser aucune prise au vent.

Alors il a épié la moindre irrégularité dans le sifflement du Bikiti, il a attendu retenant son propre souffle, disparaissant dans son propre silence. Il a écouté la voix tout au fond de lui qui lui murmurait de petites choses.

« Te voilà enfin, mon doux. »

Jo s'est levé, il s'est demandé comment faire pour déplacer son si gros corps sans grincements ni craquements ; mais ses pieds touchaient à peine le sol. Il a pu sortir ainsi sans réveiller mon Bikiti, surpris déjà de cette absence de pesanteur.

« Te voilà enfin, mon doux. »

Il est resté sur le seuil, en équilibre, presque persuadé qu'il pouvait se déplacer en restant à la surface du sol.

Le Jo a sauté – oh comme ses gestes étaient suspendus, oh comme tout lui semblait passer au ralenti, décortiqué – et son atterrissage dans la boue a failli réveiller tout le mont et le fleuve et les mines et les carrières derrière. Le Jo s'est fait gigantesque, il s'est senti grandir, gullivérisé ; il a couru-marché-sauté-volé vers la chevrolet jaune qui luisait au milieu de la pluie, hissée sur de grandes planches de bois pour ne pas qu'elle se noie.

Il est resté un moment immobile, tout brillant sous l'averse. Et puis il s'est dirigé vers le mont.

Les chemins Tonnerre ne sont pas sûrs la nuit. Les plantes y poussent furieusement, elles traversent la route pour se perdre dans la forêt d'en face et profitent de l'obscurité pour migrer. Et si vous ne passez pas assez vite, elles s'entortillent autour de vos chevilles, vos mollets, puis vos cuisses, elles vous grimpent et vous retiennent, vous ancrant là, dans la boue, vous tirant vers le bas ou tentant de vous entraîner vers des lieux plus ténébreux encore de la forêt vierge. Et puis, bien sûr, il y a les petites bêtes du soir, les crogators, les iguanes, les faux ours Tonnerre (rien à faire, ça n'en est pas, mais ça pourrait être de petits grizzlis sans griffes) qui vous entourent le corps de leurs longues patounes, et là, c'est à se pendre, impossible de les détacher si ce n'est en leur coupant les membres – et qui aurait le cœur à ça ? Les nuits Tonnerre sont habitées évidemment par les fourmis-bounta et les moustiques trembleurs ; il faut s'y attendre dans ce genre de contrées. Et c'est peut-être ces petites bestioles qui sont plus à craindre que la boue, les plantes et les grosses bêtes. Parce qu'elles sont invisibles, vous les sentez à peine vous effleurer. Ce sont des fantômes d'insectes tant elles sont légères.

Mon Jo ignore tout de ces dangers nocturnes – cela le ferait-il reculer s'il savait ? En fait, il est porté vers les hauteurs du mont ; il ne sait ce qui le pousse à grimper ce chemin tout noir ; il ne réfléchit pas.

Si, pendant un tout petit instant, il s'était mis à penser à ce qu'il était en train de faire, il se serait laissé submerger, incapable de faire un geste de plus, et on aurait retrouvé au matin un gros arbre à forme d'homme à côté du sentier ; le Jo aurait disparu. C'est la saison de la mort-bounta, où les gens disparaissent encore facilement.

Et j'imagine déjà le Bikiti affolé, qui aurait perdu son bœuf aux œufs d'or, ah ça, je le vois d'ici.

Alors mon Jo monte le chemin tout noir, les pierres sans mousse roulent sous ses pas et dégringolent la pente dans les ruisseaux qui dégoulinent des arbres. Il n'écoute pas les voix de la forêt. Il ne peut répondre qu'à un appel, celui qui le mène tout en haut du mont. Ses épaules sont si hautes qu'elles rencontrent les branches des mangouviers. Le Jo se baisse ; il monte à pas de géant ; j'ai l'impression que la terre pourrait trembler à chacun de ses pas – ébranlant le mont, faisant s'effondrer toutes les carrières qui trouent la base du Tonnerre – mais non, le Jo est malgré tout léger et silencieux dans la nuit. Autour de lui, les insectes – deux cent mille pour un habitant Tonnerre – grignotent, suçotent, discutent et se chevauchent. Leur grouillement est furieux et assourdissant.

– deux cent mille pour un habitant Tonnerre.

Le Jo ferme les écoutilles, il ne veut pas même entendre le tout petit craquement multiplié des coquilles d'escargot broyées sous ses chaussures. Jo monte et lance ses yeux en avant pour tenter d'apercevoir ce qu'il essaie de rejoindre. Il n'y a rien à faire, la nuit est complète et si humide que de noires langues d'eau entrent dans les chambres de sa tête. Les barricades contre la Grande Peur Bleue ne vont plus tenir longtemps. Enfin, il entend de nouveau la pluie tomber à ses pieds ; les arbres s'écartent. Voici la maison de la mano.

La mano, après les exploits du Jo, était remontée, toute remuée, vers ses hauteurs. Elle avait grimpé la pente en gloussant, se protégeant la tête sous quelque linge et les épaules sous une mantille de plusieurs épaisseurs. Elle rêvait d'un ciré comme en portent parfois les hommes Tonnerre quand ils reviennent des carrières ; un ciré jaune qui luirait sous la pluie ; l'eau s'écoulerait sur elle comme en bas d'une gouttière, sans jamais la pénétrer. Et ce serait tellement mieux que de sentir ses os faire des chplok chplok à chaque mouvement – comme si tout le corps était devenu visqueux, malaxé, viande avariée.

« À force de prendre l'eau je vais moisir. »

Elle était arrivée dans sa grande maison ; elle avait pendu tous ses habits trempés dans la cuisine, laissant sa peau nue tout entière froide et humide – cette fraîcheur de mort qu'elle prend quand elle est restée trop longtemps sous la pluie.

Elle s'était recouverte de tissus de couleur, ramenant ses cheveux sur sa nuque, et appliquant un linge frais sur la tache de vinotente qui lui brûlait le visage. Et puis elle avait attendu. Elle ignorait pourquoi elle restait assise là

« Si je continue comme ça je vais mourir. »

à épier la moindre distorsion dans l'averse, la moindre irrégularité. Elle avait essayé de ne plus faire un mouvement, de ne plus respirer, de tenter sa métamorphose. Cette nuit-là ressemble à toutes mes nuits, se dit-elle, cela fait vingt ans que j'attends que quelque chose se produise mais il n'arrive jamais rien ; même la mort-bounta passe devant la porte, elle emprunte le chemin et ne s'arrête pas ; puis le soleil revient et ça recommence. Je suis si fatiguée. Il n'y a rien à faire. Je pourrais peut-être partir à la ville. Mais je n'ai pas envie d'être l'une de ces vieilles dans les jardins publics, qui restent, avec leur air triste, le plus longtemps dehors sur leur banc pour ne pas remonter dans l'appartement vide, vous savez, ces vieilles qui ont les collants noirs réparés au vernis à ongles rouge – j'en vois tout le temps des comme ça, elles s'imaginent peut-être que personne ne va remarquer que leur collant a commencé à filer sur la cuisse et puis, hop, qu'elles ont arrêté la catastrophe d'un trait de vernis à ongles rouge ; ça file plus, ça colle ; et moi, je ne vois que ça sur leurs jambes et sous leur jupe, ces taches rouges comme du mercurochrome. Quand je vais en ville vendre mes foulards, je ne vois que des vieilles à taches rouges et ça me rend toute triste. Rien que d'y penser, ça me donne envie de rester coincée ici, dans cette cabane, au moins j'ai la forêt et la pluie et les madous-chaleurs, même si le temps est long, même si mon temps est long à moisir ici.

Plusieurs heures après – plusieurs heures de pluie, vraiment, mais une pluie qui s'en allait en pissade, qui n'allait plus tenir longtemps –, le Jo est arrivé. Il est passé devant la maison une première fois comme s'il ne la voyait pas ou comme si ce n'était pas là qu'il se rendait depuis le début. Il a tourné autour et enfin il s'est dirigé vers la porte d'entrée ouverte. La mano, assise dans ses chiffons sur son petit siège, se tenait là, bien en face de lui. L'obscurité, accompagnée de moisissure et de pierre humide, a fait frissonner mon Jo. Il a frotté ses pommettes – hautes et brunes comme la mano les aimait – et son nez – qu'elle aimait cassé. Il s'est penché pour passer sous le chambranle et il est entré pour voir ma douce.

Elle pensa lui dire qu'elle l'attendait, qu'elle avait vécu toute cette saison grise pour l'achever ici avec lui mais elle se sentit mouillée et muette.

« Oh mon Dieu, mon Dieu, un si grand homme pour moi seule. »

Elle ouvrit ses bras et mon Jo entendit le bruit de tissu froissé et d'ailes déployées. Il resta un petit moment immobile à se demander qui elle était et pourquoi tout cela lui arrivait dans cet endroit si triste. Il se sentit piqué par les moustiques du lieu – un si vaste corps pouvait combler et rassasier des centaines de familles de moustiques.

Elle lui dit :

« Je suis toute petite et mouillée. »

Sa phrase grinça ; il regarda les seaux dans lesquels plicploquaient les gouttes qui traversaient le toit. Il vit le lit plus loin et la baignoire, toutes les petites choses parfumées posées sur ses bords, il vit les murs suants et les foulards qui pendaient sans bouger aux dix coins de la pièce. Évidemment, quand il la regarda au milieu de ce naufrage, il fut touché-charmé-ensorcelé. Elle était toute petite et mouillée.

Alors il s'avança et c'en fut fait de lui.

8

Au matin il ne pleuvait plus.

La mano s'est éveillée avec deux sensations très distinctes. Une brûlure à l'épaule gauche et l'impression d'avoir la jambe droite écrabouillée. Elle a ouvert les yeux et attendu un moment avant que tout se mît en place. D'abord ce fut l'éclat du soleil qui venait se briser sur sa peau qu'elle remarqua. Elle aperçut le vert artificiel et bizarre des feuilles des managuiers par la fenêtre. Cette couleur n'existait pas pendant la saison des pluies. C'était un vert qui s'en allait vers le jaune, bien brillant et comme installé là pour longtemps. S'y ajoutaient le chant des oiseaux – au milieu des brumes de chaleur sur la terre gorgée d'eau – et le scintillement des pierres, des objets dans la pièce, du miroir et des foulards – doucement, tout doucement agités par la brise.

« Enfin, c'est enfin arrivé. »

Puis elle tourna la tête toute clignotante encore de la joie revenue. Et elle regarda le géant qui lui écrasait la jambe. La première pensée : Va-t-il me rester assez de sang dans le mollet pour pouvoir me lever ? puis : Mais que fait-il donc là ?

Dans le lit de la belle, il y avait un grand homme, le plus grand homme jamais vu ; il avait la peau comme du cuir et des fesses comme des outres.

Pas possible, pas possible, pensa-t-elle.

Il dormait, épuisé. Son sommeil serait sans doute très long et très profond afin d'emmagasiner assez d'énergie pour ébranler un corps pareil. Elle allongea son nez et sentit toutes les odeurs d'été et de fruits et de sable que la forêt apportait avec elle ; s'y mêlaient l'odeur du pelage de cet homme-là, l'odeur de ses bras et de ses cheveux.

« Enfin, c'est enfin arrivé. »

Elle a passé du temps ainsi à renifler leur intimité, à effleurer sa joie ; elle lui souriait sans se débattre sous l'enclume, heureuse déjà de cet écrabouillement.

« Mon dadoum, tes poumons doivent être plus grands que l'espace entre mes bras. »

Elle a attendu et regardé le soleil et les fourmis qui déambulaient sur son dos. Il avait encore ses dorures et ses breloques, ses doigts bagués et ses brisures précieuses aux oreilles.

« Oh, j'aimerais t'entendre crier. Souffler. Avec ces poumons-là. »

Elle ne sentait plus ses jambes, le sang les avait désertées, abandonnant la partie et refluant totalement vers le haut de son corps où le trop-plein se répandait dans ses bras et son crâne. Elle attendait, bourdonnante, et écouta ce qui se passait au-dehors jusqu'à ne plus pouvoir tenir, jusqu'à ne plus désirer que s'extirper de là et courir vers le soleil (sur les mains s'il le fallait, en rampant si les jambes n'étaient pas revenues). Elle se mit à pousser le géant, elle tenta de remuer, elle voulut se glisser. Il n'y avait plus qu'une chose qui comptait : sortir et trouver un bout de ciel pour s'y coller. Mais l'inertie du Jo était planète. Il pesait, pesait de tout son poids multiplié par le sommeil. Elle eut peur. Elle grogna, chouina, gémit en essayant de se sortir de là.

« C'est une maison, je suis coincée sous une maison. »

Elle ne pouvait imaginer le réveiller. Un ogre debout qui se souviendrait de sa nuit avec elle ? Non, oh, non. Elle poussa, se fit limande et plume, et finit par s'enfoncer si profondément dans le matelas qu'elle y disparut. Elle remonta après ce naufrage, sautant sur la rive, s'accrochant à l'oreiller et se mettant à l'abri sur la terre ferme. Elle lui accorda un seul œil, au bon Jo espataré sur l'océan, et lui sourit, le laissant souffler là, essayant de trouver quelque chose de poétique et signifiant à faire. Elle n'y réussit pas. Elle se demanda simplement ce que pouvaient être des rêves d'orque, cette si grosse orque échouée dans son lit. Elle conclut que les grosses bêtes ne rêvaient pas.

La mano – douce et douce en ce premier jour – se déplia et marcha vers le soleil. Elle vit les dalles qui séchaient et même un peu de poussière, elle entendit le bois de sa maison craquer, elle aperçut les petites fumées, les vapeurs de plaisir – grognements et soupirs – de la terre trop mouillée. La maladie grise chercha quelque chose à se mettre sous l'incisive pour demeurer dans l'enveloppe de la mano. Elle chafouina dans tous les recoins du corps de siffleuse de la mano, alla jusqu'aux doigts pour y trouver – faute de mieux – quelque chose à infecter-gangréner. Mais elle n'y découvrit rien. Elle fit le tour du crâne de ma belle, chercha en vain, ne trouva ni brouillard ni trou noir, ni angoisse ni minuscule insatisfaction suicidaire. Alors elle sortit de là. En se promettant d'y revenir dès que le moindre trouble s'y remettrait.

La mano est sortie avec deux brocs en métal et deux seaux à trous minuscules. Elle a remonté le chemin vers le pic du mont, souriant à la peau bleue entre les arbres et surprenant les éclats de couleur des oiseaux. Cette renaissance la laissa vibrante et épuisée. Elle mâchonnait des fleurs et sentait ses esprits devenir liquides.

Elle voulait trouver de l'eau claire – celle de la source Tonnerre – pour préparer les infusions de piquier. Pas de l'eau calcaire-chlorée du robinet. Ma mano ne pouvait imaginer préparer son breuvage avec cette eau d'usine et de ville ; toutes les facultés magiques de la feuille de piquier s'y trouveraient dissoutes. Plus d'immortalité ni d'éternelle jeunesse, plus de santé de bœuf ni d'énergie sans sommeil. Non. Alors la douce s'en alla, traînant ses espadrilles sur les cailloux rouleurs du mont, marchant, cliqueti-cliqueta, dans un grand bruit de ferraille.

Quand elle revint, elle entendit la rumeur qui venait du fleuve ; les gueuniards et les madous criaient haut la fin des pluies. Cette joie la fit contente, ma douce – pas si mauvaise après tout –, mais, très vite, elle se sentit percée. Elle marcha plus vite, s'arrosant les mollets, se cognant la chair, y laissant des bleus gris pas beaux.

Et si le Jo s'en était allé ? Et s'il était redescendu retrouver ragondin et chevrolet ? Et si, ne la voyant pas, il s'était dit : « Miracle, que fais-je ici ? », avait décampé et couru jusqu'au bas du mont, de peur des sorcières – car ces hommes-montagnes ne sont pas hommes-courages, même la mano le sait.

Voilà ma douce toute sens dessus dessous, qui s'angoisse, teigneuse et affolée pour de bon. Elle sautille sur le chemin pour éviter flaques et silex, pour éviter serpents et gadouille, pour aller le plus vite possible, elle sait, elle sait déjà que la porte sera ouverte, que le lit sera vide, elle sait qu'elle posera les récipients et qu'elle le cherchera dans la maison, ballante, seule de nouveau à l'intérieur de ce caveau, disant, criant, glapissant : « Le Jo, Jo, mon Jo ? », ne se souvenant plus quand il lui avait dit son nom, s'il s'agissait d'une intuition ou d'un rêve, devinant que tout ceci n'aura pas tout à fait existé, que ç'aura été l'agitation de sa tête en ce changement de saison qui aura créé l'illusion. Elle sait déjà le creux de sa carcasse ; le bruit de cathédrale que fera sa poitrine quand elle se la frappera ; elle se sent minuscule et mourante.

La voilà presque devant la porte. Elle fait tomber ses seaux, l'eau dégringole le mont en suivant le parcours des pluies. Elle court ; perd ses chaussures – la droite au début puis l'autre –, la voilà sous le mangouvier à l'entrée, elle écarte ses branches, ses feuilles, ses fleurs, ses fruits – cette opulence l'écœure –, et la voilà sur le seuil. Elle voit le lit. Et dessus, il y a toujours le grand Jo écroulé.

Oh, c'était de la déraison, les madous seront d'accord avec moi, c'était de la déraison.

9

Quand la madou-madou rouge, dans la fin de la nuit, a entendu la pluie s'arrêter, elle a sauté sur ses pieds. Elle a cru d'abord rêver. Ça fait toujours ça ; sous la pluie on ne peut presque plus imaginer le bien que procure cette lumière-là ; c'est un rêve de saison.

Cette nuit-là, l'arrêt brutal de la si longue averse a empli l'éther de silence. Un silence plicploquant, essoré, des ruisselets d'eau dégringolant des toits et des gouttières foutues, dégoulinant des arbres épuisés.

Et la madou-madou ne s'y est pas trompée.

Elle est allée à la fenêtre, sortant de son lit pour une si grande occasion ; elle n'arrivait toujours pas à y croire. Alors, sans réveiller ses petits qui dormaient en tas dans un tout petit coin, elle s'est dirigée vers la porte. Son cœur battait si fort qu'elle le sentait taper jusque dans ses yeux. C'était son rendez-vous de printemps. Elle a serré sa douline douce douce autour de son corps planète, elle a pensé que tout venait des Jo et Bikiti de la veille. La madou a trottiné et ouvert son huis de cabane à madou.

Et il y avait la lune, par mon homme érigé.

C'était une de ces clartés d'été que l'on surprend

dans les nuits les plus chaudes et tendres de la saison. La madou-madou a sifflé entre ses dents devant pareil enchantement. D'abord, avant d'avertir madous, gueuniards et couillus restés dans les parages, elle voulut en profiter pour elle seule. Parce que la madou-madou était trop souvent mère sacrificielle, elle voulait prendre son temps aujourd'hui. Elle regarda alentour.

La boue devenait inoffensive, elle perdait ses bulles meurtrières. On la voyait se résorber, s'aplatir, faire mille et une courbettes.

La madou-madou est sortie. Elle a vu le ciel et la colline. Elle souriait, satisfaite, remontant ses jupons-mille-feuilles. Puis elle s'est dirigée vers le fleuve. Peut-être pour aller vérifier si son homme ne serait pas de retour sur son navire, en plus de ce bonheur-là. Elle a attendu sur les berges après avoir descendu le petit raidillon qui y menait. Les nuées s'en allaient vers le nord. C'était un dévoilement. Et hop, le rideau se lève, le spectacle commence.

Elle s'est sentie frémir, ça bougeait sous ses jupons ; elle s'est dit que jamais, oh non, jamais elle ne voudrait quitter cet endroit. Elle s'est vue bien vieille et a remué ses pieds. Dessous il y avait les pierres vives et le sable.

Oh là, je veux jamais partir d'ici.

Mais ils finiront bien par construire des hôtels et des étapes embouteillées pour les marins. Ils ne verront pas que la douce colline et ses rotondités, ses cailloux en boule et ses mangouviers-lierres, ah ah, ils ne s'apercevront pas que la colline est un volcan, une échine de dinosaure. Ah ah, par mon homme membru, le mont Tonnerre est un volcan.

Et voilà la madou-madou tout ébranlée par son

propre rire. Elle s'imagine noire et luisante dans les rues d'une ville plus grande, beaucoup plus grande, elle ne peut croire qu'une telle mésaventure lui arrive. Elle jette alors un œil au ciel – emperlé, avec des reflets de goutte.

Le mont Tonnerre est un volcan.

La madou-madou le sent trembler sous ses pieds et soupire, déjà emplie de lassitude. Elle n'a finalement plus envie ni de soleil ni de sécheresse, elle n'a plus envie de revoir rappliquer les hommes comme à chaque été – parce que, l'humidité, ils ont du mal à supporter, ces petites natures-là –, elle couine un peu, secoue la tête et ses tresses gigotent et lui chatouillent le cou ; ses bijoux – qu'elle ne quitte jamais – bringuebalent et babiloquent à ses oreilles. Elle est frissonnante – peau d'orange et chair de poule. Le matin approche et dévoile la nouvelle saison à tous les habitants du mont. La madou-madou croit déjà percevoir leur rumeur. Oh je ne veux plus rien entendre, je veux le silence des poissons et le repos des eaux. Elle est si fatiguée et si vieille maintenant. Oh laissez-moi me glisser dans le fleuve et flotter et sombrer. Alors elle soulève ses jupons et ses robes et son ventre et ses cuisses larges comme deux troncs de mangouvier et elle se dirige vers l'eau. Les serpents et les araignées – leurs longues pattes-fils à ventouses tremblotent dans les mares entre les racines – s'égaillent. La madou-madou entre dans le fleuve et avance tout doucement tandis que la lumière s'installe. Elle ne pense plus et ne ressent rien, redevenant le fleuve. Elle laisse ses bras et ses cheveux flotter, fermant les yeux, respirant l'eau qui passe, sentant ses poumons s'emplir d'algues et de têtards fourvoyés, abandonnant très agréablement la terre Tonnerre. Elle sent alors dans un soupir les dernières résistances de sa vie entêtée qui lâchent. La madou-madou rouge disparaît. Et voilà qui est fait.

Tout là-haut sur le mont Tonnerre, la mano a levé la tête. Elle prépare le thé et broie les feuilles de piquier. Elle tend l'oreille et n'entend que le cri des singes batteurs – un cri très long et très aigu qui avertit que c'est l'été.

La douce mano se remet à son ouvrage, toute troublée, la belle.

Quelque chose dans l'air l'a avertie que la maladie grise avait emporté sa dernière victime avant l'été – et quelle victime… Elle se dit : Oh, si même la madou-madou rouge préfère se laisser sombrer, le mont est à son crépuscule… La mano soupire et s'écoute soupirer et laisse dodeliner sa tête avec ses airs de diva.

Les petits gueuniards de la madou-madou rouge se sont éveillés sans savoir que la maladie grise avait emporté leur manman. Ils ont glapi en entendant le bruit de la joie-tireli de tous ces gens au-dehors. La maison ne sentait pas la cannelle comme elle l'aurait dû, vu que la madou-madou n'avait pas eu le temps de leur préparer le thé piquier, les gâteaux à elle et le lait de bibou qu'elle leur faisait chaque matin, et ce, depuis toujours, depuis les tout débuts de leurs vies minuscules. Ils ont donc deviné que ce jour ne serait pas comme les autres. Ils se sont levés, ont essayé de tirer du lit le plus petiot d'entre eux – qui restait prostré, muet, savant et instinctif.

Et voilà tous les loupiots debout à la porte de leur maison-madou. Ils se sentent seuls, et appréhendent l'abandon – oh quelle tristesse –, rêvent d'un rêve – c'est pas possible –, se tirent la peau et se pincent – c'est pas vrai –, et laissent leur estomac remonter lentement dans leur gorge. Ils attendent en se tenant par la main qu'on les remarque au seuil de leur maison-madou. Ils attendent.

– Le mont Tonnerre est un volcan.

Ils sont baignés de lumière – noyés dedans oui, ils y coulent, sans se débattre. Et le plus grand des gueuniards, tout penaud, se demande de quoi ils sont punis. Quand la madou voisine a vu les tout-petits si esseulés à la porte de leur cabane, elle s'est dirigée vers eux. Ils ont dit : « Manman madou, l'est partie, carapatée », alors la madou voisine, qui a tout compris dans sa grand lucidité de madou, les a entourés de ses bras et les a serrés-serrés. Elle s'est dit : C'est pas possible, pas notre madou-madou rouge, elle a pas pu nous laisser là. Bien sûr elle n'a rien laissé échapper devant les tout-petits sanglotants. Elle les a emmenés avec elle, murmurant des contresignes et toute terrifiée à l'intérieur de ce malheur si grand.

La mano regardait le Jo qui s'éveillait. Elle était assise sur un tabouret, les coudes sur les genoux, les cheveux attachés en petites boules sur le sommet du crâne ; elle portait une combinaison satin-nylon – qui crisse sous l'ongle – verte et délicieusement délavée. La mano pensait qu'elle pouvait ressembler à une très jolie fille là-dedans, elle s'imaginait attirante et sexy-boly et faisait des mines. Elle a coincé son visage dans le creux de son bras et a respiré sa propre odeur. Les mouches tournaient autour d'elle avec des vrombissements inédits, encore toutes surprises d'être écloses. La mano laissait la sueur dégouliner dans son dos. Jetant un œil par intermittences sur le sol de ciment sur lequel elle avait posé le thé, elle y voyait la trace humide de ses pieds nus, alors elle les déplaçait vers un endroit sec dans un petit raclement de poussière. Elle patientait, attentive, pour que la montagne d'homme qui faisait ployer son lit se réveillât.

Quand il ouvrit un premier œil, elle lui sourit vraiment. C'était important, semblait-il, de lui adresser un sourire étoilé. Elle s'imaginait que ça changerait le cours des choses. Il ne s'en irait pas. Elle ne sentirait plus la nécessité de descendre vers le fleuve pour y trouver les marins. La mano savait que son sourire était essentiel. Et que toutes les petites choses de ce matin – soleil, combinaison verte, sueur et thé – détermineraient la suite des événements.

Là, dorénavant, le Jo n'a plus de pensée à lui. Il ne peut plus regarder qu'à travers les yeux de la jolie mano qui le retient dans sa maison. Il ne réfléchit qu'à travers le tout petit cerveau de la mano, il ne vit que dans sa proximité.

Quand il s'est réveillé ce matin-là, il a vu le soleil et la verdure partout. Il a pensé fugitivement, alors que déjà sa mémoire ne lui appartenait plus, il a pensé à un grand jardin anglais. Ce n'était qu'une histoire de lumière. Parce que, très vite, l'odeur qui traînait dans la maison le submergea. S'y mêlaient le thé piquier, les senteurs de ténèbres d'un iguane pendu dehors qui séchait lentement, la multitude de la pourriture des dessous de la forêt – dessous affriolants – et l'odeur – calor, calor – de la belle mano assise devant lui.

Il peina pour formuler ses pensées, et cette difficulté s'apparentait à l'immobilisme des rêves, à leur bienfaisance handicapée – la tourbe des rêves.

Il crut avoir trouvé le paradis du tout début.

Elle emplit alors son champ de vision. Il se retrouva embringué dans toute cette moiteur et sentit sous ses doigts le crissant de sa combinaison puis le velouté de sa peau. Il toucha sa tache au visage pour voir s'il y avait le feu et se laissa sombrer,

– Le paradis du tout début ?

il tomba, ils tombèrent, et le sol lui sembla si dur qu'il le sentit dans chacun de ses os, dans la meurtrissure de chacun de ses muscles, et il crut ébranler le mont en tombant à terre, épuisé

– Du tout début ?

Le Bikiti a compris que quelque chose ne tournait pas rond en ouvrant l'un de ses yeux-globes. Le sommeil du Bikiti est en général tout petit et léger, déchiré au moindre froissement d'étoffe. Mais là, par je ne sais quel cataclysme intérieur, le Bikiti avait dormi plus qu'un homme de son format peut se le permettre. Il s'éveilla donc courbaturé et grinçant et grimaçant et mit cela sur le compte de cette foutue humidité de merde. Il n'était pas homme à penser ensorcellement.

En grognant, il se glissa à terre, attrapa ses deux loupes pour les coincer sur son nez. Le monde reprit forme, le Bikiti s'aperçut que le Jo s'en était allé. Le Jo et le bruit de la pluie s'en étaient allés. Le bourdonnement avait fait place aux iguanes qui ramonaient les fondations de la pièce sur fond de rumeur qui montait de la ville des madous.

La pièce n'avait pas de fenêtre. Il s'y sentit cloîtré et désemparé. Il visa la porte pour ne pas la louper et s'y précipita – de peur qu'elle disparût. Au seuil de la cabane, il regarda le soleil et ses effets sur cette contrée de madous, espérant que le Jo était juste sorti pour aller à la rencontre de ce phénomène. Mais il devina – et ce fut bien la première et la dernière des intuitions du Bikiti – que le Jo s'était débiné dans la forêt et la montagne sous le charme des madous.

Le Bikiti s'assit d'un air penaud sur les marches en recroquevillant les pieds pour que les iguanes ne viennent pas les lui grignoter. Ses épaules tombèrent. Il fronça le nez pour faire remonter ses lunettes sans comprendre ce que pouvait annoncer la venue de si beaux soleils. De toute façon, mon Bikiti était bien trop préoccupé par son problème pour s'attacher aux présages du mont Tonnerre. Il resta là longtemps à remuer ses idées sombres, persuadé que le Jo ne reviendrait pas et que, hop, ainsi, le bœuf aux œufs d'or disparaissait. Le tout petit homme à lunettes regardait ses pieds et la gadouille qui séchait ; les éclats de soleil réverbérés dans les flaques faisaient cligner ses yeux, la terre absorbait l'eau avec des bruits de succion goulue et la grosse voiture jaune sur ses pilotis, platement immobile, se mit à briller, incendiant la vue du Bikiti-ragondin.

Il se mit debout ; le vent manqua le faire basculer dans une flaque de boue sans fond.

– Pour chasser les nuages il faut bien un peu de vent.

L'ombre de la voiture l'abrita un instant de tout ce printemps tiède qui arrivait par à-coups. Les madous affolées (la noyade de la madou-madou rouge et tout ce tintouin-là) bougeaient en tous sens sans s'occuper de lui, rondes et lourdes comme des pierres. Les rafales bruirent et firent cliqueter les arbres, il perçut les postes de radio et les portes qui claquaient-tiroyaient, les toits de tôle brinquebalant, fouettés par les branches des arbres qui les protégeaient en temps de déluge. Tout ce bordel ne le rassura pas, il se sentit minuscule et crut encore rapetisser. La grosse chevrolet gronda et se souleva légèrement sous un brusque assaut du vent. Mon Bikiti devint insecte, criquet et fourmi ; il rêva ville, salle de cinéma et bar douillet – serveuse à gros seins. Il ne voulut plus de cette nature-là, avec ses bras musclés et luisants et son air farouche.

Mais il ne pouvait pas rentrer ainsi sans rien sous la main, revenir au point de départ sans toucher les 20 000 kopecks et recommencer. Recommencer encore. Dénicher un gros animal comme le Jo, en faire un caniche nain et le trimbaler à gauche à droite et tout devant.

Alors le Bikiti prit son petit courage entre ses poings et gravit le chemin.

La mano s'était assise sur le seuil de son chez-elle et continuait de se demander comment retenir le Jo – trifouillant les petits alvéoles de sa tête vide. Elle l'avait laissé dans le lit, un peu hébété par la poudre de pinin qu'elle avait dissoute dans le thé de piquier. Cette manœuvre lui laissait un peu de temps pour réfléchir.

Elle dodelinait tout doucement, yeux plissés minuscules à cause de tout ce fatras de lumière. Ses cheveux animés par le vent lui chatouillaient la peau et faisaient naître des frissons microscopiques le long de son cou.

Sur la route le sable s'envolait – une légère couche déjà sèche. La mano écouta tous les messages qui passaient par là, captant les voix des fantômes du mont, attendant que les signaux s'extirpent du brouhaha. Elle se fit oreille et perçut ainsi des voix lointaines – delà du fleuve – et mortes – delà d'ici.

Elle avait attendu longtemps qu'un homme monte jusqu'à elle. Un mâle à sa mesure n'était pas chose courante au Tonnerre. Même le Bakoué – le plus grand des hommes Tonnerre – n'avait pas osé insister quand elle lui avait lancé son regard féroce qui rend caillou.

Ma mano alla jeter son œil – le droit, le bon – à l'intérieur. Elle aperçut le Jo assommé sonné et pas très frais, et n'aima pas le voir si faible tout en sachant que, sur ses deux jambes, il se serait déjà carapaté. Elle se vit toute petite et vieille et rabougrie avec des hochements de tête de cacatoès. Elle se vit seule et seule et seule et tout se mit à cliqueter et vrombir dans son crâne pas plus grand qu'une noix de Jano. Se sentant triste rien qu'à l'idée de le perdre, elle se décida pour les sorts. C'était ce qu'elle connaissait de plus fiable, les hommes s'en vont si vite. Il n'y a que la magie grise et les ténèbres pour les retenir tout à côté.

Alors la jolie mano rassembla tout son attirail, chantonnant en dénichant ses outils dans des recoins secrets,

« Mon doux, mon bel, mon grand amour. »

décrivant des cercles autour du Jo, l'œil pas clair,

« Mon doux, mon bel, mon grand amour. »

le regardant, imaginant pouvoir toujours rester l'oreille contre son épaule, se voyant soulevée et grandie, sentant la texture de sa peau et sa tiédeur, ce corps caoutchouc et arbre l'émouvant et lui remplissant la voix de sanglots. Elle resta là un instant, murmurant son fredon, les yeux fixés sur cet autre, enfin, qui avait franchi le seuil.

Sans le lâcher, elle ferma les yeux et se remémora la nuit passée ensemble. Elle se toucha la cuisse et rouvrit les paupières.

« Mon doux, mon bel, mon grand amour. »

Alors elle lui jeta son sort. Elle l'entortilla de filets, laissa traîner sur lui ses foulards à coulisse, et piétina auprès de lui.

« Tu ne partiras pas. »

Elle l'emporta. Faisant des tours et des magies, dessinant des barrières et des gouffres infranchissables, répétant des mots idiots et sens dessous dessus et sortant ses jambes, ses longues jambes de siffleuse – luisantes, polies, cirées, des jambes qui pourraient servir à tout un tas de choses à la ville et qui là ne servaient à rien d'autre qu'à courir.

Et les yeux de mon Jo la suivaient vaguement, se fatiguaient et se refermaient ; il avait l'impression d'être ceinturé, bâillonné, solidement attaché au lit, la pesanteur si présente que l'éther tout entier reposait sur son crâne et ses épaules – son rêve familier d'impuissance et de lenteur. Il sentait ses gestes tenter de se multiplier, la moindre amorce de mots brouillant sa vue et son esprit désarmé, entendant sa grande peur monter en lui avec flonflons et tambourins ; c'était comme l'imminence d'une catastrophe, la certitude que le héros du film allait se faire assassiner même si on espérait, oh oui, bien qu'on ait vu mille fois cette séquence, on espérait qu'il allait s'en sortir, que le cours des choses allait s'inverser d'un coup, s'orienter différemment, qu'il survivrait enfin et que le monde en resterait là. Alors mon Jo, au milieu de ses digressions, comprend qu'il n'aurait jamais dû venir jusqu'aux madous, qu'il n'aurait pas dû monter voir la jolie mano, et il se répète : Elle est givrée, elle est givrée. Et il a peur mon Jo. Le pinin moulu mouillé au fond de la tasse le rend tout doux et terrifié ; un arbre s'est écroulé sur mon géant. Et il se répète : Elle est givrée, elle est givrée. Il se sent de profundis. Il se demande rapidement : Mais où est-ce que ça a dérapé, où ai-je donc pris la mauvaise direction à l'embranchement fatidique ? Il se répète : Elle est givrée, elle est givrée. Et sa petite tête de baobab se répand par tous les orifices. Plus ça va, plus il rétrécit. Le Jo est si misérable, il rêve de la ville et de rues rassurantes, d'averses sans conséquence et de musique. Il se répand et s'éteint.

La douce regarde le Jo qui rapetisse. En fait, elle se demande si elle n'est pas en train de faire une bêtise, cette pensée dure très peu de temps, traversant l'espace qui la sépare de la porte et disparaissant en tourbillonnant dans l'air qui brille dehors, saturé de lumière. Elle lisse sa robe avec ses paumes bien à plat, reconnaît ses genoux, contourne les rotules, robe baby doll crasseuse, fleurinettes éparpillées sur le tissu pas jeune. Sa tache lui incendie le visage. Quelques mèches de cheveux lui dégoulinent sur le front, elle joue séductrice et fait la moue comme si le Jo pouvait apercevoir quelque chose dans son sommeil ensorcelé. Le Jo est ailleurs, énorme et immense malgré tout. La mano a décidé de le traîner jusqu'au placard. Elle l'a tiré, soulevé, tiroyé et l'a empoigné sous les aisselles, elle se l'est trimbalé, gigotante et soufflante, déplaçant une montagne à dos de mulet, suante et enflammée, et puis elle l'a plié dans le placard en bois dans le coin le plus sombre de la pièce.

Mais que mon Jo était-il donc allé faire dans ces ténèbres ?

Bikiti pas fou avait emprunté le chemin du mont, passant inaperçu au milieu de la débandade. Il ne se sentait pas appelé, il pensait avancer en sa conscience et âme. Il n'avait pas l'impression que l'air le propulsait en avant, il ne s'apercevait de rien, orgueilleux Bikiti, enflé et sûr de lui, se pliant en trois sur le chemin du mont, à cause des bourrasques de vent, obligé de faire des révérences tout le long de la pente, Bikiti incapable de percevoir l'enchantement du monde, hermétique au merveilleux et aux petites sorcelleries de village.

Il monta le chemin, et il aperçut très vite le haut de la côte et la maison du bout de la route. Il n'y eut pas d'éclairs zébrant le ciel, pas de tonnerre ébranlant les fondations du monde ; il y avait juste cette maison de pierre et son air assoupi. Il fallait pas s'y fier.

La douce sourit en entendant gronder le chemin sous le pas de fourmi du minuscule Bikiti. Elle sourit, je pense, parce qu'elle détenait tout un attirail de sorts et d'invisibles, parce qu'elle savait tant de choses qu'il ignorait que ça lui en grattait le ventre de satisfaction. Viens Bikiti chéri, viens te rincer l'œil et carapate-toi. Viens Bikiti chéri, viens, et carapate-toi vers les enfers.

Le Bikiti frappa à la porte de la maison endormie. Il se disait que tout là-haut on avait pu apercevoir son géant qui taillait la route, c'était le meilleur point de vue possible, et on pourrait peut-être si l'humeur s'y prêtait lui indiquer un chemin praticable. Dites, dites, y a-t-il quelqu'un, âme vivante dans cette antre-cabane ? Dites-moi. Personne ne lui répondit et les esprits frappés le poussèrent du coude, lui soufflèrent des promesses, l'ensommeillèrent, lui mirent un bandeau sur les yeux, le tirèrent par les pans de son manteau, ricanèrent – mais le bruit fut couvert par le grincement de la porte –, émirent quelques gloussements de mouette, et abandonnèrent mon Bikiti escroc sur le seuil pendant la sieste de la maison.

Il entre et regarde le lit-navire, aperçoit dans le coin gauche de son œil gauche la cuisine et toute sa réprobation muette. Il sent ça, mon Bikiti, mais impossible de faire demi-tour et de descendre en courant aussi vite que ses pattes d'insecte le lui permettent. L'air est tout brillant, des paillettes gigotent dans tous les sens comme dans un fond sous-marin qu'on dérange. Bikiti-pas-grand fait un pas en avant. Même la lumière qui palpite ne peut ôter le caractère sinistre de cette maison pierre et bois. Il avance et chaque pas l'éloigne un peu plus du monde. La léthargie envahit un à un tous ses membres ; il n'y a personne ici, personne à appeler à la rescousse, personne pour voir mon Bikiti qui s'assèche à chaque enjambée, qui rapetisse et tend à disparaître – clignotant sur l'écran fatigué de la télévision. Bikiti reste ainsi, au milieu de la grande maison pierre et bois, si loin de la civilisation, des madous, de la chevrolet jaune et des petites escroqueries faciles. La rareté des objets et des meubles dans cette pièce le pousse à inspecter le fond de la baignoire. Bikiti cherche quelqu'un ; il ne sait plus qui. Mais ça devient très important pour lui, tout à coup, de trouver âme vivante ici-là. Il n'y a personne dans la baignoire. La lumière palpite moins soudain. Les arbres s'agitent et chuchotent. Mon Bikiti lève la tête. Il n'y a rien. Il regarde la porte, ressentant l'hostilité de cette maison, et calcule que, même s'il commence à se sentir très faible, il devrait encore pouvoir se précipiter audehors ou prendre à la gorge un agresseur. La lumière décline graduellement ; la respiration de mon Bikiti disparaît tout à fait, retenue dans un coin de sa poitrine. Alors Bikiti-petit-homme se tourne vers le seul élément qui lui rappelle quelque chose du monde d'en bas. Il se tourne vers l'armoire. Ignorant même pourquoi il veut l'ouvrir. Cela devient pourtant la seule nécessité qui habite son esprit et commande chacun de ses membres. Et voilà Bikiti-ragondin qui force sur la serrure, qui tire et tire, qui sue et gémit pour ouvrir cette porte, ne sentant pas comme l'atmosphère change autour de lui.

Ouh là, faudrait penser à graisser les gonds.

La porte craque et gronde ; c'est le chien des enfers. Faut vraiment graisser ce truc. Et puis, d'un coup, tout lâche. L'armoire grimace. Le Bikiti se retrouve projeté à terre sur le cul, la poignée à la main. Autour de lui, l'éther prend une teinte très bleue très électrique très artificielle et tourne en bourrasques avec Bikiti pour œil de tornade. Mon Bikiti se noie. La porte de l'armoire est ouverte. Il voit dedans, plié en douze, le grand Jo inconscient rangé repassé, et mon Bikiti se met à pleurer, il pleure comme la mano rit sur le sort couplé du Jo et de lui-même, ne se sentant plus la force de tout à l'heure, se devinant si minuscule et ridicule qu'il a envie de s'excuser, et réfléchissant réfléchissant : Que puis-je proposer en échange de ma vie, qu'est-ce que j'ai à proposer ? ne trouvant rien et se désespérant et finalement abandonnant, épaules tombantes et amères, soumises. Il perçoit dans l'angle gauche de son œil gauche la silhouette de la belle du mont qui arrive vers lui. Mais il ne peut pas détourner son regard du Jo plié en douze. Il pleure toujours, et ses yeux font des loupes, les larmes dégoulinant tout le long de ses joues, de son cou et de son torse maigrelet en un ruissellement continu qui crée une flaque autour de lui. Il la sent arriver vers lui et il tend ses bras, elle se penche et l'eau de ses yeux empêche mon Bikiti de voir bien clair. Mon Bikiti sanglote et elle l'emporte avec elle.

Il fait tiède pour un matin. Les arbres bruissent et les cailloux dégringolent de la montagne – la terre tremble très légèrement sur ses fondations par moments, mais ça n'a rien d'inquiétant. Ça chatouille sous les pieds, et la colonne vertébrale vibre et frémit tout doucement. La mano est dans sa cuisine austère face à la fenêtre où viennent claquer les feuilles gigotantes. Elle est debout face à la cuisinière de fonte –

ventrue et solide sur ses quatre pattes – et elle mijote un ragoût sucré-caramel, épicé-brûleur de langue. L'odeur de sa préparation s'échappe par la fenêtre ; elle chantonne, la douce ; et la fumée et le fumet tournoient dans les arbres, s'entortillent dans les branches, effrayant les oiseaux ; elle chantonne, la douce ; le parfum de sa mijotaille va s'égarer sur le chemin, cherche une direction, affame les singes hurleurs, puis descend le mont. Il plonge vers le fleuve, rasant sur sa route les cailloux et les lézards qui lèvent la tête et hument la délicate odeur de viande et sentent la salive envahir leur bouche aux mille et une dents. Arrivé tout en bas du mont, près des madous, le parfum de la mijotaille pénètre partout, force les portes ; mes bonnes femmes reniflent à l'intérieur de leurs intérieurs cette drôle d'odeur sucrée-épicée-grasse. Elles lèvent tête et sourcils puis oublient pendant que l'odeur s'éloigne, tourne autour de la chevrolet jaune, essaie de pénétrer dedans, puis s'éloigne encore, impuissante, finissant sa course tout au fond du fleuve.

La mano du haut sourit et chantonne. Elle ne se rappelle pas s'être jamais sentie aussi bien qu'aujourd'hui. Elle est si heureuse présentement qu'elle craint que quelque démon ne la guette, lui envoyant un cataclysme pour prix de ce bonheur-là.

Elle réfléchit et essaie de se souvenir quand elle a pu se sentir aussi légère – cette petite angoisse qui sourd compte pour rien –, et elle entrevoit les années d'enfance, avant la tache de vinotente. Il y faisait doux et il ne pleuvait pas tant. La pluie chaque saison s'est un peu plus installée. Un jour peut-être ne fera-t-il plus soleil. La mano hausse les sourcils, trempe un doigt dans sa sauce et pleurote un peu à cause des épices. Ça la fait renifler et éternuer. Elle recouvre sa tambouille et quitte la cuisine pour aller retrouver son grand dans le placard et lui faire goûter sa préparation.

La mano est descendue aujourd'hui. Elle a pris quelques foulards avec elle, mais sans intention de traverser le fleuve pour aller les vendre. C'est juste pour la bonne contenance. La mano dévale le chemin et dégringole dans la poussière, les petits cailloux s'écartent de son chemin et le ciel brille si fort qu'elle cligne des yeux, ne laisse passer qu'un mince filet de lumière, paupières plissées et dents serrées.

Arrivée tout en bas du mont, elle entreprend le tour des madous.

Elle fait comme si elle ne voyait pas la voiture, énorme, jaune, hurlante, qui trône là, sur ses cales de bois, avec son air de ne pas y être. Elle la contourne, la traverse, l'oublie, elle salue madous et gueuniards, frissonne en écoutant leurs plaintes et leurs histoires parce qu'elle attend qu'on aborde le sujet, le grand sujet, celui qui l'a fait descendre là, qui lui fait battre le cœur, qui lui chavire la tête ; elle attend, ma mano, qu'on s'y mette à cette conterie-là. Elle attend qu'on lui parle du Jo et du Bikiti disparus sans voiture et peut-être même qu'on l'interroge sur l'odeur de mijotaille qui est descendue jusqu'aux madous. Elle a une fringale de potins et de détails qui gonflent. Alors elle s'attarde et joue déjà les étonnées – ah oui ? Moi je n'ai rien remarqué… Ils sont peut-être partis à pied, ces deux-là. Le Bikiti sur le dos du grand Jo.

10

Tout là-haut, le Jo est dans son placard, plié en douze et pas fier. Le voilà bien monté. Des éclairs de conscience traversent la stupeur des herbes malignes qui l'engourdissent. Mais il se sent si épuisé qu'il peut à peine bouger – à moins que ce ne soient les portes du placard qui lui brisent les côtes –, ce n'est plus que par instants qu'il sait qui il est et où il se trouve. La grande panique fond sur lui et le fait trembler – et quand mon Jo tremble, c'est toute la maison qui vibre et crisse et criaille sous sa poussée de palpitant. La torpeur le grignote et l'assomme. Pauvre Jo, il se reproche une dernière fois d'avoir fait le malin ; lui reviennent ainsi quelques lueurs : l'éclat du soleil sur le lac, les algues qui le retenaient, les glaciers disparus…

Personne ne m'attend. À aucun endroit du monde, quelqu'un lève la tête de son occupation et se demande : « Mais où donc est Jo ? » J'ai disparu pour tous. Je vais sombrer et puis tant pis. Je vais sombrer dans cette naphtaline, m'enfoncer dans tout ce bois, disparaître auprès de cette sorcière. Je vais me réduire et être éliminé petit à petit, comme du sel dans un cours d'eau, disparaître me diluer, plonger et rester sous la surface.

Jo sourit, amusé encore par les petits pincements au cœur que fait naître son apitoiement. Il sait bien sûr que cette tendance au pleuroir est dangereuse, qu'elle l'empêchera de bouger et de sortir de là. Il pense d'ailleurs qu'il n'en a plus la force. Il sent sa mémoire chavirer et déserter, elle fait ses bagages, jette un dernier œil par-dessus son épaule, empoigne ses valises et claque la porte, laissant derrière elle sans doute quelques moutons et quelques araignées qui resurgiront par moments. Sa mémoire vieille n'est pas remplacée par une mémoire neuve, aucun nouvel occupant, aucune cire molle ne viendra maintenant recouvrir les sols et les murs pour s'y laisser maltraiter. Mon Jo est en train de perdre pied. Quel triste pays, pense-t-il. Quel triste pays.

La nuit, elle le sort. Elle le déplie, l'aide à se mettre debout et à se diriger vers le lit. Elle calcule la lune et le sang. Elle le caresse et l'endort sans le fatiguer. Elle use des grands moyens et des sorcelleries de madous. Elle l'éveille et le caresse, l'attache et le serre un peu trop.

Et chaque nuit, le Jo vient se faire turlupiner, incapable de rompre le charme, persuadé pourtant qu'il y va de sa survie. Comment résister, se dit le géant à court de forces. Les piqûres de poupées et les mauvais sorts ont eu raison de lui.

Il est ainsi allongé chaque nuit sous elle – elle ne prend pas le risque de se glisser sous lui, de peur d'être laissée brisée, sac d'os et chiffe molle ; quand elle se remettrait debout, tout l'intérieur (viscères et carcasse) s'affaisserait et plus rien alors ne résisterait à l'appel du sol ; non décidément, elle a trop peur de se casser en tout petits morceaux.

Le Jo devine sa réticence, au milieu de son brouillard.

Elle l'asticote et le turlute, le fait monter et venir et baby hop l'empoigne et le glisse en elle.

Le Jo, du fond de sa tempête, comprend qu'il a sa chance.

C'est un tourment, cette femme. Entre deux boulettes soporifiques – de viande de singe, de sauterelles, de saloperies exotiques, Jo n'en peut plus –, le voilà qui souhaite sa mort. Il la veut morte et brûlée. Il la désire pourrie et enterrée. Ces pensées-là le rendent triqueur et féroce, handicapé oui, mais triqueur et féroce. Car plus rien d'autre ne fonctionne, ni les jambes ni les bras. Elle a paralysé mon Jo et lui murmure :

« Mon pondeur, mon doux, mon tendre, mon bel amour. »

Il l'entend lui chuchoter des mots minuscules. Mais il ne répond jamais. Peut-il encore parler ? Il tente sans doute de se rendre invisible en ne disant plus rien. Il ne sait manifestement toujours pas que son immensité le met à l'abri de toute disparition. Elle, si petite, le sait bien, qui tourne autour de lui, compare ses cuisses aux poignets du grand, et la taille de son visage à celui du Jo – mon Jo qui pleure à l'intérieur, qui demande pardon, qui enrage promet prie menace échange sa position contre toute autre vie pleine de bonnes résolutions.

Le placard lui brise tant l'échine qu'il préfère encore que la sorcière le chevauche les nuits de lune.

Les madous du bas n'ont rien vu venir. Elles ont tourné longtemps autour de la chevrolet citron. Elles se sont dit que personne ne laisserait un tel engin pourrir et s'abîmer dans les crises de rouille du fleuve. Aussi ont-elles attendu, pensant chaque matin que le Bikiti ou le grand serait passé la nuit descendre la voiture de son perchoir et aurait repris la route, bien calé dans les fauteuils skaï rouge qui glisse-et-crisse-et-souffle. Mais la chevrolet citron n'a pas bougé. Les gueuniards se sont doutés bien plus vite que les madous que rien n'allait changer et que les deux bonshommes – ragondin et baleine – ne remettraient plus les pieds en bas du mont Tonnerre.

Par les fenêtres des portières, on voyait la moisissure gagner du terrain, recouvrir les sièges et le volant, un peu plus chaque jour. Les gueuniards grimpaient sur son toit, sautaient et la faisaient dinguer ; l'engin émettait un petit bruit tendre de carlingue qui s'effrite, laissait retentir son murmure désapprobateur et grincer ses amortisseurs. On pouvait surveiller l'arrivée des blattes amerloques qui grouillaient à l'intérieur. Comment étaient-elles entrées ? La rouille rousse avait dû grignoter et déchiqueter les intestins de la voiture – et toutes les bestioles s'étaient infiltrées par là, bien à l'aise dans leur aquarium, à l'abri des requins, des madous qui leur menaient une guerre sauvage et des gueuniards qui les faisaient griller sur de petits feux tristes dans la cour. Les plus grands des garçons, avant de partir pour le fleuve ou les carrières, y grimpaient pour y boire, boire, boire et voir de loin ce qui arrivait de la forêt. Les canettes clinguaient en tombant au sol et s'entassaient autour de ma chevrolet citron et rouille, entourée alors de petites bouées qui perdaient bien vite leur couleur et se recouvraient d'un tapis de verdeur.

À l'intérieur de la chevrolet, vertes, moisies et grignotées, dormaient encore les breloques de mon Jo et les armes éteintes qu'il avait achetées contre le Grand Danger. Son artillerie était là à l'ombre, immobile comme seuls peuvent l'être les objets qui ne seront plus jamais touchés. Ils sont fossiles, ces machins-là, et leur inertie est si grande que vous vous brûleriez les doigts – et pffft – si vous y mettiez la main.

Les madous voyaient la voiture chaque matin de la fenêtre de leurs cabanes ; et du coup, mal à l'aise inexplicablement, elles s'enfilaient une rasade d'eau de joie et fronçaient le sourcil en soupirant. Qu'étaient-ils devenus, ces deux bonshommes, avaient-ils sauté à l'eau, avaient-ils été dévorés par quelque crogator de roche – ah ah, tu ne crois pas si bien dire –, erraient-ils dans la forêt au-delà de Tonnerre, atteints de dingue, tournant et tournant dans un cercle invisible ? Les madous hochaient la tête, se faisant peur à se raconter des choses tragiques, ne se décidant pas à envoyer à leur recherche l'un des deux hommes Tonnerre – Georges et Bakoué – enracinés au mont. Elles baptisèrent la voiture jaune et rouille la babajo et attendirent que mon géant – émoustilleur de belles, beau gars pas fier – revînt et récupérât son bien.

Mon Jo tout là-haut ne sait pas que la babajo a mal tourné, qu'elle s'est laissée moisir en attendant son retour. Alors il y pense ce soir, il y pense en se disant qu'il aimerait bien y retourner, dévaler le mont sur son reste de jambes avant que la mante ne le suce tout entier – et les os, oh oui, et les os – pour reprendre la route avec toutes les armes qui luiraient dans l'obscurité du coffre, rassurantes et silencieuses. Il y pense, mon Jo, dans son brouillard, et il attend une nuit de sang, une nuit où elle ne le sortira pas, où il restera tout recroquevillé dans son placard, pour tenter de redescendre.

Il a laissé tomber dans une fissure du mur de la penderie les boulettes de singe ensorcelées qui le maintiennent minuscule et docile. Quand les gros mandabas sont arrivés pour les manger et pondre leurs œufs dessus, mon Jo les a attrapés et grignotés. Impossible d'être plus faible qu'en mangeant les mixtures de la mano. Le mandaba sur toute la péninsule a la réputation d'être un mets nourrissant. Mon Jo espère que cette réputation est fondée ; il n'a pas vraiment envie de becqueter ces gros cafards juste pour le plaisir. Il pense à sa babajo et cet espoir le tient en éveil. Il ne peut plus supporter l'odeur de son propre corps. Elle le lave, la mano, elle le lave quand elle le sort du placard le soir. Elle lui passe l'un de ses foulards sur le corps qu'elle a trempé d'eau et d'huile douce – et ce mélange-là, en plus de la teinture du tissu qui parfois se dilue et crée des arabesques, produit un parfum indéfinissable et écœurant.

Mon Jo a peur.

Il a peur de ce qu'elle lui réserve. Cela lui donne des sueurs, l'angoisse trempe ses cheveux et son pantalon.

Il sait ce qui est arrivé au Bikiti, à son managé escroc qui ne méritait pas si grande entourloupe.

Mon Jo a peur.

Et ce soir, pense-t-il, elle ne viendra pas le sortir du placard. Car c'est un jour de sang. Il est là, tout recroquevillé dans l'armoire, son corps de géant moins musculeux et moins dur que jamais – c'est à cela qu'il sent que c'est le moment –, il décortique un mandaba grand comme la main en faisant le moins de bruit possible dans les ténèbres. Le petit espace noir du placard lui est si familier qu'il en connaît toutes les aspérités, tous les éboulements, les collines et les marais. Au fond à droite, il n'y met jamais la main, il y grouille une vie étrangère dans une petite flaque ; une foule de vies infimes qui renvoie des signaux électriques quand il s'approche un peu trop. Mon Jo ne tiendra plus longtemps là-dedans. C'est ce soir qu'il partira, ensorcelé ou pas. Il n'y aura pas de discussions, de cris et de menaces. C'est une rupture ordinaire, c'est une fuite hors du placard. Assez, assez, se dit-il pour se mettre du cœur aux tripes.

Assez, assez.

Mais que fait un géant comme moi asservi à cette sorcière ?

Assez, assez.

Les mandabas m'ont bien aidé. À force de manger mes boulettes de viande moisies, ils ont grignoté le bois de l'armoire. Son flanc gauche est vermoulu, tout piqueté de trous, la lumière par moments s'y faufile, piégeant les volutes de poussière et le peu de gestes – les doigts, juste les doigts peuvent bouger – que j'arrive encore à faire. Je ne passerai jamais par cette percée-là. Les épaules, mon bon monsieur, les épaules.

Je regarde la paroi qui s'effrite et je pense au bruit qu'elle ferait si je la faisais tomber. J'attends donc que la mano sorte. Les jours de sang, elle va nettoyer ses linges à la source. Parce que l'odeur brune attirerait les petites bestioles vers les seaux de la maison. Il serait alors impossible de s'en débarrasser, je l'ai entendue le dire souvent avec son obsédance de folle. Quand elles sont là, elles y restent. Je crois qu'elle parlait des bestioles. Tu l'as, tu l'auras. Le feu et les courants d'air sont leurs seuls ennemis. C'est elle encore qui grogne ça souvent comme pour m'expliquer les règles du mont. Elle croit pourtant que mon cerveau s'est envolé avec toutes les empoisonnures qu'elle me refile. Mais elle a bien sûr besoin de quelqu'un à qui parler même si elle me prend pour un gros arbre mort.

Oh assez, assez.

Elle sortira au crépuscule pour la lessive rouge. Il surveille par les interstices. Il attend et écoute – juste le grattouillis des mandabas, le souffle des insectes qui attendent. Il n'y a maintenant plus personne dans la maison. Mon Jo se concentre tellement pour percevoir le moindre souffle de vie venant de l'extérieur qu'il a l'impression d'y consacrer ses dernières forces. Il écoute et patiente. La mélancolie le prend là tout à coup. Il se voit déjà courir le long du chemin qui cailloute vers le fleuve. Mais où vais-je aller après cela ? Et cette question le laisse tout hébété, mon bon gros. Il abandonne cette écume de tristesse pour le moment, suspendu qu'il est au plus petit tressaillement. Et là rien, rien derrière les parois du placard, juste le bruissement assourdissant de la nuit qui vient. Alors mon Jo s'agite, s'ébroue.

C'est ma chance.

Il donne un coup d'épaule contre la cloison qui s'effondre dans un nuage de mites à bois effrayées. Le chant de la forêt-nuit-qui-tombe s'élève plus violemment encore. Mon Jo se glisse – oh non, s'extirpe, suant et soufflant – hors du bois mort, il déplie ses os, ses muscles, ses articulations, ses nerfs. Tout reprend sa place ; il en est presque ému aux larmes. Se requinquer un corps pareil, ça ne se fait pas en cinq minutes. Ça demandera du temps, se dit-il. Et cette perspective l'enchante ; comme si tout à coup cela lui donnait une bonne raison de ne pas abandonner.

Voilà, voilà ce que je vais faire.

Là-bas, dans la forêt, les singes hurleurs honorent leur nom, les arbres s'agitent dans un froussement d'ailes – les ailes multipliées de milliers d'oiseaux envolés, un bruit de plumes et d'effarouches –, là-bas, au fond du fleuve, les poissons dorment, les yeux ouverts, et attendent patiemment leur heure. Et là, ici, tout de suite, mon gros rassemble les membres éparpillés de son corps avec des gestes mous, des gestes d'interné auquel on aurait fait avaler de petites pilules phosphorescentes pour calmer les folies étrangères. Il voit des bouts de son corps dans chaque coin de la pièce. Il se baisse, les ramasse ; d'ailleurs il a du mal à se tenir droit ; le dos, le dos sans doute ; et puis ce n'est pas une maison à sa dimension ; le plafond est trop bas ; les épaules du Jo effleurent les cieux de plâtre de la maison.

Mon Jo rassemble ses membres. Il n'est pas inquiet. Il se sent tout immense.

Qui peut m'atteindre ? Qui peut m'atteindre ?

Rien ne presse.

Les marques de chaînes sur ses poignets et de lanières de cuir sur ses chevilles lui envoient de petits signes chaque fois que son sang – son tumulte, son entêtement – passe à proximité.

Je me sens vaste et large.

Il déplie et secoue la poussière de ses hardes; il pourrait soulever le toit de la maison s'il voulait; il pourrait écarter les murs en jouant des épaules; il peut faire trembler les dalles et les désenchasser; il peut remuer le ciel et la terre – homme si grand dans nos contrées jamais on ne vit.

Mais il ne veut pas.

Alors il se baisse et se fait minuscule pour pouvoir passer l'encadrement de la porte,

le temps presse,

c'est un effort supplémentaire. Du plâtre tombe – pluie blanche et farineuse – et poudre son dos. Son crâne cogne contre la poutre.

Par quel ensorcellement… ?

Le Jo se demande.

Par quel ensorcellement cette maison est-elle devenue une demeure de nains ?

La nuit frémit et bourdonne de l'autre côté des murs. L'urgence de la fuite entrave presque les mouvements de mon grand. Il sent le vent du crépuscule qui lui effleure les doigts. Il pâlit; il lui faut sortir tout de suite; la sueur s'écoule de son corps qui verdit; il glisse entre les montants de la porte. Et ploup, le voilà éjecté dans la nuit bruissante. La stridence de la forêt veut le rendre fou mais mon Jo est bien plus solide encore que ne le croit cette jungle lilliputienne. Il est plus fort que toi, faut-il le rappeler de nouveau.

Jo tout-doux tout-bon s'étire et entend ses os craquer

et regringoler. Il touche la cime des arbres, les branches s'écartent et se déploient, leur frôlement de duvet lui chatouille le cou. Il sourit ; il est dehors. Un instant, il reste immobile, même s'il sait que la mano-sorcière peut revenir à tout instant avec ses linges désanglantés dans les bras, même si imaginer sa tache de vinotente dévoreuse de visage lui donne envie de prendre ses jambes et de disparaître ; il attend un instant en souriant pour goûter la saveur du vent sur son visage.

Puis il se met en marche – tout doucement pour ne pas ébranler le mont, soulevant ses pieds et les reposant avec d'infinies précautions. Mon géant quitte sa Circé, laissant derrière lui les oripeaux de ses jeux sadiques. Se défaisant. À mesure qu'il avance. À mesure qu'il descend. Si léger sur ses pieds qu'il croit voler. La nuit est tout à fait là maintenant. Les entailles dans sa chair le brûlent et le piquent – fourmis électriques –, et ces petites douleurs rouges dévalent ses veines pour le déranger un peu plus encore, pour le presser, lui envoyer des messages : « Presse-toi, presse-toi. » Le grand ne voit que les pierres qui dégringolent, les branches qu'il écarte et qui lui griffent le visage ; il sent les singes s'accrocher à ses cheveux et à ses vêtements et les nuages d'insectes bourdonner autour de son crâne qu'il secoue de droite et de gauche – le chemin tangue et tourne sur lui-même et la tête du Jo tourne et sonne comme une cloche.

Il arrive en bas du mont avec l'impression d'entendre le rugissement du fleuve, imaginant une tempête qui remonterait jusque-là. Puis il comprend que c'est son propre sang qui bouillonne à ses oreilles. Alors il s'arrête tout surpris de cette vie-là, s'inquiétant et frissonnant. Cette terre lui semble trop vaste.

Il n'y a pas grand monde dehors ce soir. C'est juste après le crépuscule, l'heure sacrée des informations té-lé-vi-sées. Les madous, à plusieurs autour du poste, se posent là, mains sur la circonférence, regard absorbé, sans un seul frémissement pendant de longs moments. Sauf qu'elles ont l'indignation facile, les madous, alors les voilà qui bondissent, froissent leurs beaux atours et agitent leurs foulards. Se calmant comme c'est venu, se reposant au même endroit, réajustant les plis de leur mise. La plupart d'entre elles ne voient pas mon grand loup dehors tout perdu et perplexe qui se dirige vers l'endroit où il laissé sa voiture, la babajo fichue. Elles sont bien trop occupées à rattraper les gueuniards par une aile ou le flou d'une veste, te les remettre sur les genoux et leur incliner la nuque en la frottant pour en retirer la crasse et les méningites. Mais l'une d'entre elles l'aura bien vu passer, tout de même, mon Jo fantomatique. Je ne peux pas croire le contraire. Évidemment c'est une histoire qui ne les concerne pas. C'est une histoire de la mano folle du haut. Les madous peuvent soupirer. C'est une histoire d'homme.

Alors peut-être ont-elles vu – même pendant les infos té-lé-vi-sées – le Jo passer devant leurs cabanes. Certaines ont l'œil fureteur qui sort par les vitres.

Mais bon elles n'ont rien dit.

Sauf que mon Jo, quand il a aperçu sa voiture citron finie-foutue, ça lui a fichu un coup. Il a regardé à l'intérieur et, dans l'ombre qui l'envahissait, il a distingué cette foutrerie d'insectes et de jungle. Il a senti que son voyage était bien mal parti.

Entendant passer le fleuve juste sous son désespoir, il pensa, corde au cou, rocher à la corde, s'y jeter pour y former quelques cercles concentriques et s'y engloutir définitivement. Il se voyait, sinon, poursuivi par la mano partout où il irait, il n'arrivait pas, mon grand Jo tout gris, à imaginer vie ailleurs et meilleure. Il était sujet facile à la désolation, un géant abattable. C'était ainsi depuis tout petit. Un géant éteint sans difficulté et rallumé de même. Sa manman même lui avait dit: «Mon fils, mon Jo, veux-tu bien te tenir droit. La vie n'est pas si terrible après tout.» Mais le Jo toujours pensait aux solutions radicales, un trou entre les sourcils et du sang éparpillé en ramages sombres. Voilà avec quoi mon Jo alimentait et engraissait ses angoisses du soir. Alors évidemment, dans cette nuit qui tombait bien trop vite, mon Jo a pensé à l'arsenal assoupi dans le coffre de la voiture citron.

Pas seulement assoupi, non, quasiment comateux. Ce fut le mot qui vint à l'esprit du Jo quand il ouvrit d'un coup de genou la portière arrière. Le fumier du fleuve avait dévoré les armes. Mon Jo grogna et fouilla, furieux après toutes ces bestioles qui déguerpissaient dans un froissement de pattes et un chuchotis d'ailes, agitant ses mains dès qu'elles commençaient à grouiller sur sa peau – elles grimpaient, affolées, sur son visage, s'accrochant dans ses cheveux avec des crissements griffus. Il se mit à détester cet endroit; une rage pieuse de croisé l'empoigna, jetant à terre et piétinant sa Grande Peur.

Il fouilla tant et si bien qu'il trouva ce qu'il cherchait.

Il se sentit haletant et frémissant; son souffle se fit rauque.

Il la voulut morte et mâchée, découpée et vidée – jamais il n'avait imaginé quelqu'un dépecé, il se surprit à se demander à quoi cela ressemblerait.

La nuit était tout à fait tombée. Il sut que bientôt les madous seraient dehors pour l'au revoir du soir, alors il se fit urgent, prenant ce dont il avait besoin. La lune projetée dans le ciel et accrochée là presque immobile fit luire ses outils.

Seule une colère vertueuse pouvait le faire sortir de son calme de plante.

Mon géant Jo – qui brillait brillait dans la lune – claqua le coffre et regravit le mont, avec des mouvements lents et précis, clignotant dans la lueur découpée par le mont.

Certaines aperçurent son ombre.

Personne ne l'arrêta: le Jo avait raison d'être là.

Il remonta vers la mano en se disant qu'il l'attendrait là-haut; elle n'avait pas dû terminer de laver ses linges, elle n'avait pu revenir encore.

Il monta, sûr et enragé.

Mais la mano n'était pas allée laver ses linges – parce que déjà son Kinjo s'accrochait à ses tripes, un microscopique gueuniard en devenir se fouissait dans son ventre –, elle avait donc rejoint sa maison depuis bien longtemps déjà.

Et comme la mano ignore peu de chose, elle attend le Jo. Elle aurait aimé qu'il partît vraiment, je crois. Kinjo au ventre, elle serait bien restée là sans lui tant pis. Elle se serait bien vue seule pour la suite, parlant aux arbres et aux chaises, laissant passer la saison douce, le corps s'arrondissant. Tant pis pour le Jo. Elle a tangué dans sa grande maison obscure autour de ses foulards, sentant ses reins bruisser et lui faire mal comme du bien, tournant, appliquant ses mains le long de ses cuisses, ruisselante, entendant le Jo monter, entendant sa colère, sa juste rage.

Oh mon amour, mon merveilleux amour, mon enchantement, ma détresse, oh mon amour, pourquoi ne pars-tu pas tout simplement, mon oiseau, mon chat-minou, va-t'en donc.

Sa litanie tournait doucement, évitant le lit et la baignoire, se cognant à l'armoire démembrée. La mano toucha le flanc de l'armoire, laissant les échardes pénétrer le bout de ses doigts, les gardant plantées là dans ses empreintes, toute chavirée de cette force-ci. Puis elle s'interrogea. Sur la meilleure lumière pour éclairer la scène à venir. Quelque chose de pas trop lugubre, pas des chandelles éparpillées. Il va se méfier si l'atmosphère est trop lourde. Ne compliquons pas les choses. Laissons-le monter, et (soupir) je ferai ce que j'ai à faire.

Mon Jo a déboulé avec ses armes et ses outils. Il s'y est empêtré, ne sachant plus comment procéder.

La mano chantonnait.

Il a compris – elle lui a dit – qu'elle n'avait plus besoin de lui. Il s'est alors assis épuisé, lui évitant d'un geste toutes les simagrées magiques dont elle avait usé avec le Bikiti. Il se rendit compte qu'avant même de remonter il savait que son arsenal avait été investi par les fourmis électriques et les squales de métal, mais que sa rage-vertu, son estomac tapissé de mandabas, son cerveau ramolli et les mauvais sorts de ce bout du monde avaient eu raison de ses défenses et l'avaient définitivement aveuglé.

Ils se connaissent bien maintenant elle et lui.

Le Jo n'a qu'une envie, c'est de replonger dans le lac et sentir les algues lui caresser les mollets, enchevêtrées autour de ses cuisses, glissant le long de son torse – torse si large que toutes les algues du fond s'y mettent pour le gainer – ; elles dansent autour de sa tête, et l'emportent, il a vraiment besoin de se retrouver dans la verdeur lumineuse, dans ce bruit de millibulles qui remontent le long du nez et des oreilles, dans cette lenteur et ce repos, il a envie d'y sombrer et de ne plus remonter.

Au lieu de cela, il a une mano-mante avec des geste aigus et des claquements de langue. Elle a le ventre gonflé, la belle, de sa double vie. Mon Jo soupire. Il n'a même pas la fin qu'il aurait aimée.

Il faut savoir que la fumée-mijotaille exhalée en haut du mont finit toujours par descendre le chemin, par traverser le village-madou et par plonger au cœur du fleuve. On peut espérer que cette fin n'aurait pas trop déplu à mon Jo.

11

Les madous du bas s'étaient vraiment senties abandonnées : la madou-madou rouge avait préféré retourner à l'eau plutôt que de rester auprès d'elles et de ses gueuniards. Comme son absence était dure à surmonter… En temps normal, les madous-madous font partie de celles qui résistent le mieux à la maladie grise. Elles ont des trucs pour cela. Elles mettent plus de cannelle et de gingembre dans leurs galettes et elles y ajoutent de petites graines dont elles seules ont la garde. Elles n'attendent rien des hommes, et se suffisent à elles-mêmes. Ce qui déjà leur épargne pas mal de tracas, mes belles. Elles font des bébés pendant la saison gaie et ont la main sûre et caressante. Elles sont évidemment de conseil savant-éclairé ; elles comprennent les crues, les mathématiques, les hommes et les fièvres.

Alors comment donc la dernière des madous madous a-t-elle pu préférer rejoindre le silence poi sonneux plutôt que de rester dans la chaleur de s sœurs ?

Ce fut le premier souci de la saison belle. Le mier symptôme de la décrépitude des choses.

Mais il y en eut bien d'autres.

Évidemment il y avait eu le grand Jo disparu et sa chevrolet-tarasque éteinte qui rouillait bien tranquillement au milieu de Tonnerre. Parce que certaines d'entre elles l'avaient vu descendre du mont ce soir-là. Pas un mot, bien sûr, ne dérangeons pas les âmes en fuite, s'étaient-elles dit. Et puis ces rares madous attentives l'avaient surpris en train de remonter, tout enragé et emberlificoté dans ces babioles genre armes à feu – oh, les madous ont l'œil, et qui aurait pu prendre mon Jo pour un tueur ?

En revanche, quand, le lendemain, elles sentirent la fumée-mijotaille glisser en bas du mont, les belles comprirent certaines choses qu'elles auraient préféré ignorer. Il y avait dans cette odeur un rien de soufre et de cuir tanné, trop de piment d'Espette, des ongles et des cheveux.

La mano avait été moins prudente qu'avec le Bikiti.

Les madous hochèrent la tête deux, trois fois.

Elles allèrent jusqu'au fleuve pour voir. Sans madou-madou et avec cette mano à grandes dents tout en haut, elles ne se sentaient pas rassurées. Avant cette histoire tout roulait bien. Les cycles de saisons, les gueuniards et les hommes qui revenaient par moments. Quelque chose était en train de changer. Et il fallait au moins un grand conseil de madous près du fleuve pour décider quoi décider. Ainsi fut fait.

Les madous, dans des piaillements d'oiseaux et des chamailleries sans raison ni rime, arrivèrent à trouver un accord. Assises dans leurs jupons au bord du fleuve, avec les gueuniards accrochés à la nacelle, elles avaient pris le temps qu'il fallait à une assemblée sans maîtresse de cérémonie pour cesser de se grignoter le nez.

Elles décidèrent d'envoyer quelqu'un afin d'aller voir ce qui se tramait là-haut, quelqu'un qui pourrait monter le chemin, ne pas attirer l'attention et venir leur rapporter par petits mots ce qui avait pu être surpris.

Première étape.

Elles éliminèrent les deux hommes qui gravitaient dans leur périphérie ; même le Bakoué n'eut pas leur préférence. Affaire de femmes.

Il y eut de nouveau des criailleries pour savoir qui allait partir pour les hauteurs.

Je préfère rester en bas, j'ai mes petits à m'occuper, le dernier se réveille sans cesse et braille et braille, tu me vois monter là-haut avec mon doudou sur l'épaule qui ouvre un œil tous les trois pas et qui se met à glapir. Et moi j'ai la jambe qui me tire, l'humeur s'y est mise et ne lâche plus mon genou. Ah ça je suis pas en forme. Il y a tellement de choses à s'occuper et patati.

Alors il y eut un beau silence. Les madous restèrent assises, pas fières, le regard comme une enclume, n'osant même plus lever les yeux.

Le temps se couvre, ça tourne à la grisaille, fit l'une. Elles se sentirent un peu tristes, mes madous, de se voir si peu courageuses. Ce fut la plus petite d'entre elles, la plus ras du sable, maigrelette et pelée qui se leva alors ; elle n'avait qu'un ou deux gueuniards et aucun en train, son homme à elle n'était pas revenu depuis lurette – elle avait la mèche rouquine et rare, une toute petite voix et l'œil vague. Elle a déboulé là comme si elle se réveillait d'un sommeil de princesse en lissant les plis de sa robe belle et rose. Et elle a déclaré : « J'irai moi. Vous garderez bien mes loupiots pendant que je monterai y voir clair. »

On murmura on approuva on promit on justifia et on se sentit bien mieux ainsi.

La fluette se sentit importante, elle aplatit ses tissus et s'éclaircit la voix, elle leur assura croix-de-bambou de faire du mieux qu'elle pourrait. Les madous rassemblées acquiescèrent et s'égaillèrent afin de lui préparer un petit quelque chose pour son guet. Ça discutaillait ferme et c'était prêt à la bataille maintenant qu'une émissairesse s'en allait gravir le mont. Douces, douces, mes madous l'attifèrent pour un guet de nuit et lui fignolèrent des sucreries contre les peurs du soir. Elles l'enduisirent d'huile sauvage pour lui éviter les piqûres des bestioles nocturnes grignoteuses de chair. Et voilà la fluette parée à l'attaque, dans sa cotte de mailles, un peu étourdie encore de tout ce tintouin, mais prête à faire au mieux. Elles lui mirent même sur la tête un petit casque d'aluminium fabriqué avec une bassine manchote et attaché n'importe comment à l'aide de cordelettes frappe-bonheur. Voyez-vous, on soupçonnait la mano de sorcellerie. Il faut se protéger de ces choses-là. Et on n'a pas trop d'un casque pour éviter la dinguerie menaçante et les mauvais sorts. Ça ricoche sur la surface bien polie – avec un ding ou un dong selon l'importance de la chose – et on est tranquille pour un petit moment en attendant la prochaine attaque.

Tout cela, la fluette le savait, et l'importance de sa mission faisait frémir ses nattes.

Elles attendirent le soir.

Elles n'allumèrent pas les télés et laissèrent éteintes les loupiotes, faisant tout de même grésiller quelques radios du bas du fleuve. Elles hochèrent de nouveau la tête, se rassemblant au milieu de leur village Tonnerre, à côté de la babajo de mon Jo, laissant les gueuniards presque hommes les regarder comme si elles étaient cinglées – ils les observaient de loin, le sourcil relevé, le cheveu dégoulinant et la lèvre moussue de bière, ils gloussaient, ne comprenant déjà plus rien à ce monde de femmes –, et elles envoyèrent d'une pichenette la fluette gravir le mont.

Mes madous attendirent toute la nuit.

Elles se rassemblèrent en grappes dans la cabane la plus large en jacassant et en s'endormant par moments dans un mouvement de navire pour calmer les petits. Elles discutèrent d'une nouvelle madou-madou – mais pas la fluette, bien sûr, trop petite et trop jeune –, elles imaginèrent même un vote comme en ville si elles n'arrivaient pas à se mettre d'accord ou si aucun signe – lune, pluie ou météorite – ne leur facilitait la décision. Toutes ces discutailles les fatiguèrent et elles ne tinrent que grâce à l'alcool de palme et aux bavardages d'oiseaux.

Les madous attendirent toute la nuit le retour de la fluette.

L'idée que la petiote pourrait ne pas revenir les effleura. Elles ne se le dirent pas, pour ne pas s'effaroucher, mais parfois, durant cette longue nuit d'attente, elles se retrouvaient muettes, la peur grignotant les entrailles, faisant trembler leur carcasse de sphère – oh et demain il y aura peut-être encore l'immonde odeur qui viendra du mont, et on ne verra pas notre toute petite madou redescendre, la folle lui aura réglé son compte, oh si cette senteur de mijotaille rapplique de nouveau, je crois que je me jette au fleuve, je me jette au fleuve ou je me volatilise, voilà, je m'éteins, je disparais, je ne peux plus supporter ces cadavres accumulés et confits, je ne peux plus vivre en bas du mont avec cette cinglée-fendue tout en haut, je m'en vais – et mes madous, trouillardes et grelottantes, continuaient à échafauder des plans en cas de gros malheur.

Ainsi, elles avancèrent dans la nuit, et attendirent le retour de la fluette.

Elle revint, sans casque, le cheveu hirsute, l'œil allumé et la natte en perdition. Elle zomba sous les fenêtres des madous avec le pas mécanique de ceux qui passent leurs nuits dans la jungle. Les madous te la rattrapèrent, te l'empoignèrent et te la ramenèrent en leur sein, près du fleuve sous les amarocadiers, dans ce doux bruit d'eau du matin. Elles firent un cercle, la mirent en son centre – sa tête pendait sur le côté dans un angle bizarre, cou cassé, pas cassé ? – et lui prodiguèrent des caresses. On lui amena ses loupiots pour qu'elle revînt à la vie. Ça marcha. On lui frictionna les épaules, on laissa le soleil se lever tranquillos au-dessus de tout ça et on la pria de raconter ce qu'elle avait vu.

La fluette resta assise un temps sans mot dire, recroquevillée, toute petiote, à laisser le vent éparpiller ses cheveux, les madous étaient patientes – un peu coupables aussi d'avoir laissé une si minuscule créature se charger d'un si gros boulot –, alors elles lui donnèrent un peu de temps. Elles firent taire les marmites et les gueuniards et attendirent que la fluette en vînt là.

Elle finit par s'y mettre, bredouillant au début, frissonnant pêle-mêle.

« La mano était bien tout là-haut. Elle chantonnait et trottinait, toute satisfaite, ô mes madous, pas loin d'éclater de bonheur. C'était bizarre de la voir dans le crépuscule avec toute cette joie-là en dedans d'elle. Elle tournait sur elle-même parfois, et hop, avec la robe et les foulards qui volaient et virevoltaient. Elle était belle, la mano, bien plus belle que lorsqu'elle descend le chemin toute prise dans sa maladie grise. Je me suis installée derrière la fenêtre en faisant attention de ne pas faire trop de bruit avec mon bringuelis de tôle, accommodant un coussin de feuilles pour les fesses et me coinçant dans l'angle gauche en bas de la fenêtre. J'ai vu son lit comme un navire et la baignoire avec ses pieds de tigre et les foulards qui traînaient jusqu'à terre et les grandes dalles de pierre au sol et j'ai entendu son pas et je l'ai vue elle, si pleine de joie que j'en frissonne encore. Elle avait le visage disparu, comme lorsque tu regardes tes yeux dans un miroir à la lueur des bougies ; le reste de ta figure se creuse, se brouille et se noie, le diable s'y invite, ce n'est plus toi, c'est toi dans trente ans, en enfer, au-delà de la tombe. Voilà son visage. C'est un brouillard où je ne vois que des dents, son sourire et ses dents. Peut-être a-t-elle encore des cheveux ? Je ne sais pas. Je ne vois pas. Mais surtout, mes madous, en plus de ce visage noir, il y a cette odeur, odeur sucrée caramel par moments, et puis à d'autres, odeur salée, de pieds et de sueur. Ça évolue, ça baguenaude entre un extrême l'autre. Je ne sais pas quoi faire de cette puanteur. Sentie d'en bas du mont, elle peut avoir son charme, mettre l'eau à la bouche, rendre affamé. Mais tout là-haut, près de chez la mano, elle vous étouffe, pénètre bien loin dans les narines – on la sent qui descend dans la gorge et qui envahit les entrailles, qui pénètre chaque organe –, et vous secouez la tête pour qu'elle ressorte aussi vite, ô mes madous, vous secouez la tête jusqu'en avoir des fourmis partout. La lumière tombe sur tout cela et je vois la mano qui s'active entre sa cuisine et la grande salle de sa maison. Moi, toute cuite dans mon jus derrière la fenêtre. Oui. Ah, mes madous, si vous l'aviez vue trépidante comme un singe hurleur, empuantie de son odeur chaude. Elle s'est amenée avec un grand plat de faïence triste qu'elle a posé sur une tablette à côté du lit, et, dans ce plat de faïence triste, il y avait un peu de cette mixture sucrée-salée qu'elle préparait chaudron cuivré dans la cuisine. Oh l'affreuse mano, avec toutes ses dents, incisives de rongeur, crocs de manabou. La voilà qui s'assoit sur son lit, allume une, deux bougies – ces choses-là ne se font pas dans la lumière nucléaire –, et hop, le jour tombe tout à fait. Elle a de ces pouvoirs pas clairs, mes madous. La tache sur son visage brille et éclaire la scène. J'ai cru qu'elle flambait, ô mes madous. J'ai cru qu'elle flambait. Et puis elle a commencé à manger comme quelqu'un qui a jeûné pendant des jours et des jours. J'entendais même les bruits qu'elle faisait, oh des bruits pas ragoûtants accompagnés de gestes débectants et de mimiques – sur le peu de visage que j'arrivais à voir, ouh là, des mimiques. La nausée m'a prise, mes madous. Une furieuse envie de dégobiller. Alors j'ai regardé ailleurs. J'ai pensé à autre chose. À mes petits. J'ai rouvert un œil. Elle s'empiffrait toujours. Je me suis dit : Elle a une de ces faims, une de ces envies pas claires pour manger un truc aussi fort. Elle serait pas en ronde ? Oh là, mes madous, c'est ça qui m'est venu dans la tête. Il n'y a que les femmes qui attendent des gueuniards pour ne pas voir que ce qu'elles mangent est répugnant. Oui. Voilà ce que je me suis dit. C'est alors, oui, qu'elle a soulevé son gilet, ou qu'elle l'a ouvert, je ne sais plus et elle a regardé son ventre. Peut-être pour voir l'effet de la nourriture sur son corps ou bien plutôt pour surveiller son arrondissement. Elle s'est mise en arrière sur ses deux mains et elle gonflait le ventre en le zyeutant voracement. Elle le caressait en faisant des cercles et elle lui parlait. Je n'entendais pas bien. La pièce était maintenant tout à fait sombre et ça m'empêche toujours de bien entendre. J'étais en train de mourir de chaud dans mon armure et il y avait cette folledingue qui murmurait des incantations sur son ventre. Je me suis sentie triste, ô mes madous, je ne sais pas ce qui s'est passé, mais la mano porte en elle tant de saisons de maladie grise qu'elle envahit votre moral et le voilà piqueté de chagrins. J'étais si abattue que je ne pouvais plus bouger. Je suis devenue liquide. "Petit bout, disait-elle, petit bout, tu seras le plus doux des hommes." Nous voilà rendus au fond de l'eau. Je l'entendais mieux maintenant. Mes oreilles avaient pris des dimensions gigantesques. "Petit bout, petit Kinjo, tu seras grand et fort et doux et beau. Je te cacherai, je te garderai." Je me suis dit qu'elle était cinglée de donner des trucs pareils à manger à son enfant. J'ai eu peur pour le petit. Ce niniard-là ne méritait pas folle pareille pour mère. Elle s'est levée, ô mes madous, et elle a dansé dans l'ombre et les vapeurs toxiques de caramel. Elle dansait et moi je pleurais, si malheureuse, tout enduite de sa poisseuse présence. Oh la monstresse. J'étais si malheureuse pour ce petit gueuniard à venir. Elle a levé son gilet bien haut au-dessus de son crâne. Je ne voyais plus que son ventre et ses seins ; elle n'avait plus de tête. Et là, mes madous, j'ai vu son ventre bouger, ça gigotait là-dessous, et des pieds et des mains, et des tentacules peut-être (baaah… grand soupir des madous), non non je vous assure, je me demandais ce qui sautait là-dessous… mais il y a quelque chose, mes madous… quelque chose d'important… c'est que ce qu'elle a dans le ventre se révoltait contre toutes ces simagrées… oui… la petite chose tout dedans ne voulait pas de ce tintouin… je suis formelle, mes madous. For-melle. Le gueuniard à l'intérieur avait honte de cette mano dingue. Ah, ça ne s'explique pas. J'étais là dans ma carapace, avec mes larmes et mon gros chagrin et je sentais que ce petit bout-là ne voulait pas de cette maman-ci. Je ne peux pas l'expliquer… Voilà, mes madous, voilà ce que j'ai surpris chez la mano du haut. Maintenant c'est à vous de voir, mes toutes belles. »

12

Elles laissèrent venir.

Et pendant tout le temps de l'attente, pendant la saison sèche, elles remirent en état la chevrolet citron parce que tout de même on ne pouvait pas laisser aller les choses à vau-l'eau comme ça. C'était beaucoup trop triste les objets moisis et rouillés. Elles la vidèrent donc de toutes les bestioles qui y avaient élu domicile, elles jetèrent la jungle dehors, nettoyèrent, récurèrent, grattèrent la mouillure d'algues, s'y mirent à dix à quinze, appelèrent les gueuniards, le Georges et le Bakoué à la rescousse et même les crétins buveurs de bière – ceux qui gloussent toujours trop longtemps avant de se décider si oui si non ils partent pour les carrières ou pour le fleuve. Elles l'astiquèrent, la poussèrent jusqu'au soleil pour la laisser sécher et se recroqueviller un peu, reprendre des proportions acceptables après ces œdèmes. Évidemment elles ne purent remettre la main sur les pneus ou le moteur, alors elles la hissèrent sur de grosses poutres en mangouvier et lui ajoutèrent des dentelles – « une robe de mariée », hoquetèrent les buveurs sans esprit. Mais les madous se fichaient de ce qui sortait de leurs faces plates. Elles s'étaient toujours méfiées d'eux ; ils étaient ce qui restait des violeurs de la grande époque. On ne répond rien à des créatures de cette sorte.

Elles auraient bien essayé de s'organiser là, tout de suite, dès maintenant, pour déclencher leur propre rage redoutable de justicières, mais une grande léthargie les prenait à chaque coup essayé. Elles arrivaient juste à faire monter la colère et faire tourner en beurre toutes les substances profondes de leurs corps – avec agitation des tresses et des poings.

Mais pourquoi tant de criailleries vaines ?

Parce que, pour que tout ce petit monde Tonnerre tienne la route, il fallait une madou-madou. Maintenant le risque était très grand que tout se chamboule, que les madous s'en aillent à la ville pour vendre leurs épices et leurs tissus et y demeurent dans les deux-pièces-cuisine humides sus cités, le risque était très grand que les hommes trouvent le climat à leur goût – ça serait fort, ça –, se creusent un trou pour y poser leur cul et reprennent le mont Tonnerre en main.

Il fallait quelqu'un pour s'occuper de ça.

Et impossible maintenant de trouver une madou-madou digne de ce nom. Aucune ne se présentait en leur disant je suis la madou-madou que vous attendiez, aucun geste, aucun miracle, rien qui annonçât l'apparition d'une reine-femme.

Ça va tourner à l'orage, je vous dis, un orage sec et électrique.

Chez les madous du mont, on a du mal à parler de vote ; la décision devrait s'imposer toute seule. La madou-madou doit sortir du lot et déployer son art. Ici on ne croit qu'aux évidences – les choses du ciel ou du fleuve, des trucs qui n'appartiennent qu'aux madous. Mais là pour le coup elles sont bien embêtées. La madou-madou précédente avait été choisie par celle qui lui avait laissé sa place. Ç'avait facilité les choses. Pas de doute, mes belles.

Elles attendirent donc un bon moment avant de se décider.

Le beau temps s'éternisait.

La mano s'arrondissait.

Elle descendait parfois du mont et vous lançait de ses œillades fiérotes comme si elle était la première ou la dernière à porter un petiot dans son ventre. Les hommes – le Bakoué et le Georges – s'y laissaient prendre et la regardaient avec leurs airs à se faire avoir. Les madous, quant à elles, ne lui permettaient plus d'approcher, d'entrer chez elles, ne lui offraient plus de biscuits à la cannelle et ne s'asseyaient plus près d'elle dans le bac qui traversait le fleuve. L'autre s'en battait bien, et passait, joliment cambrée, tache de vin vive et moue de madone.

Les madous ne sont pas du genre à vous exclure pour des broutilles. « Ça passera », disent-elles toujours – vous conviendrez que c'est une façon solide de tenir pendant les pluies. Et maintenant, elles essaient de se souvenir de la mano petite fille ; en parlant entre elles le soir après la télévision, rassemblant des bribes de souvenance, grattouillant leur mémoire pour se rappeler parents, madou mère de mano, enfance passée là, le pourquoi, le comment de cette maison là-haut mais, à part la marque de vinotente après le mont débargoulé, elles ne peuvent mettre l'œil sur quoi que ce soit. La madou-madou noyée perdue aurait peut-être pu en dire plus. Mais il n'y avait plus que des madous indignées et impuissantes.

« Souvenez-vous de cette maison de pierre, la seule de ce mont. Souvenez-vous comme elle est grande et comme nos cabanes sont petites et surpeuplées, gueuniards par-ci par-là, un ou deux hommes incapables de s'en aller, tiques de madous – coupez-leur le corps, la tête reste et infecte les sangs. Ah là, je ne suis pourtant pas du genre envieuse... Mais bon, nous avons les pieds dans la bouillasse dévoreuse, et elle, elle est à l'abri des crues. Alors pourquoi cette injustice, mes belles ? Nous nous sommes occupées d'elle, nous, tout sucre, tout miel, quand la maladie grise lui grignotait le cerveau, nous avons pris soin de son corps avec le thé piquier et les huiles. Alors nous allons attendre, attendre la sortie du gueuniard, puis nous abandonnerons. Sentez sous vos pieds le mont qui tremblote sur ses fondations, les charpentes et les poutres qui grincent et s'étirent, sentez le mont frémir. Cela vous chatouille jusqu'au crâne, c'est agréable, ça bigoutte jusque dans les cheveux. Et bien ne laissons pas passer cette assassine de peur que tout ne s'écroule avec elle. »

Cette madou-là parlait si haut que les petits poils de la nuque se hérissaient.

« Elle est sale et sa maison tout entière dégouline de crasse. »

Et ça glapissait et ça chuchotait, les madous du soir. Et que je t'en ajoute une couche, et que je repasse en tout sens l'horreur qu'inspire cette folle-ci. Ô jolie mano, merci d'alimenter ainsi les conversailles de la nuit.

Les madous remuaient le miel de leur thé piquier, berçaient d'une main les petites nées de peu – massant le ventre des coliqueuses et grattouillant le crâne des autres –, et jasaient jasaient sans arrêt.

Pendant ce temps, en haut du mont Tonnerre, la mano s'alourdissait.

Les pieds gonflés-veineux et le ventre en boule, elle trottinait de la cuisine à la baignoire.

« Pfft, pfft, mon esquimaude, pfft, pfft, ma mano belle. »

Elle murmurait des petits mots pour elle-même.

« Ma princesse, ma chevalette, ma petite folle. »

Elle restait plantée devant le miroir tout le temps que ses jambes puissent tenir, se caressant la peau du ventre avec des airs gourmands.

« Mon Jo, mon beau, pourquoi t'en es-tu allé ?

Je suis une fontaine de sang et de vie…

Je suis le monde et je tourne et je tourne…

Pourquoi t'es-tu carapaté ? »

Elle retirait sa robe et se tripotait le corps en songeant à des douceurs, les doigts humides et tristes.

Cette folle pensa garder le petiot – couillu-fourchu – le plus longtemps possible dans son intérieur. Elle l'y laissa grandir et forcir en le gavant de grillades et de beurre de piquier – qui est bien le plus gras de tous les beurres.

Elle s'asseyait sur le seuil dans le bon fauteuil à ressorts acheté à la ville, elle écartait les jambes – son territoire intime – et se balançait doucement, tout doucement, imaginant le bébé qui nageait dans son ventre et roulait comme un bateau ancré à quelques encablures de la berge. Elle lui parlait tout au fond d'elle. Il s'appelait déjà Kinjo.

Le soir elle allait chercher l'un des bocaux de verre qu'elle avait soigneusement alignés sur la clayette de son frigo sans pattes. Elle faisait tout ça avec précaution, avec cérémonie, oui, mes madous belles. C'était le rite vespéral. S'échappait du pot de verre dès le bouchon dévissé une féroce odeur de chair sucrée-salée. Là je crois que je vais me taire. Je vais attendre un peu parce que je n'y arrive plus. Voilà, ça me prend la gorge rien que d'y penser, mes douces.

Vous avez déjà trouvé un ragondin éventré tout au fond du jardin avec les fourmis électriques déjà à l'intérieur et également toutes sortes de bestioles blanchâtres et vaguement liquides ?

J'aimerais vous demander de gratter avec l'ongle juste là sur la petite pastille argentée pour que l'odeur vous touche et que vous COMPRENIEZ.

Mais pas moyen.

Et elle faisait réchauffer le tout sur sa cuisinière ventrue. Ça faisait des yeux et ça mijotait doucement avec des airs traîtres.

Le petit à l'intérieur s'agitait et roulait sur lui-même, tête en haut, tête en bas, gigotant des bras, tout affolé et tristoune. Il ne voulait pas manger de cette cochonnerie-là ; l'odeur lui faisait sortir son début d'yeux des orbites. Il tentait de griffer et cogner et il aurait bien pleuré s'il en avait été capable. Mais il était déjà si trempé et si mou qu'un peu plus d'eau n'aurait pas arrangé son cas. Il décida de se recroqueviller minuscule et d'attendre là que ça passe puisqu'il était impossible de se débiner.

Et la belle se balançait rouge et humide.

Il se refusa alors à lancer des coups de pied et à toucher de quelque façon cette calebasse, entourant son crâne riquiqui de ses bras pour attendre la suite.

Et elle se balançait rouge et humide.

Ça sentait si fort que l'on voyait une légère dépression au-dessus du mont – petit tourbillon qui s'élevait du volcan et qui devenait grand vent en descendant vers le fleuve. La mano laissait ce souffle ramener les cheveux sur son visage – ça chatouillait ; elle en miaulait de plaisir.

Et tout en bas chuchotait le bruit d'eau du fleuve.

13

La saison fut longue.

Il ne naquit que des filles. Tous les hommes de la contrée avaient porté des filles dans leur bistouque. Rien à faire. Elles naquirent par grappes, en tas. Il n'y eut que des futures madous. Il n'y aurait plus bientôt que des femmes, des sœurs, des mères et des fillettes. Tout un tas de jupons. Une abondance de dentelles. Et pas un couillu.

Seule la mano en avait un dans le ventre.

Les madous y virent un sortilège, une punition, un hasard emmerdeur. C'est bien joli les madous mais, sans hommes, la Terre s'arrête vite de tourner. Elles se dirent que, à force de criailler leur suprématie sur tous les toits du monde, elles avaient attiré les foudres. Et on n'a pas besoin d'eux par-ci, et ils ne servent à rien par-là, ils ne sont tous qu'une bande de violeurs avinés et ne savent pas aligner trois mots.

Du coup, voilà, bien fait, vous l'avez bien cherché, pas un couillu dans cette tournée-là.

Seule la mano en avait un dans le ventre.

Ce qui était bizarre c'était qu'elle semblait l'avoir gardé bien trop longtemps tout au fond d'elle. Les madous se trompaient en comptant sur leurs doigts – impossible de s'en sortir. Elles tombaient sur des résultats impossibles. Cela faisait bien trop longtemps que la mano gardait son couillu dans sa panse. Il allait finir par fermenter.

L'eau a baissé et baissé. Les racines ont apparu. Et les crogators ont déguerpi. C'était toujours ça de pris. Malgré le fleuve qui s'en allait, les madous ne s'inquiétaient pas encore. Des cavernes d'eau fraîche se cachaient dans les trous du mont – ô volcan.

Sur le mont, rien à faire, la mano ne laissait pas son Kinjo sortir de là-dedans. Elle ne faisait plus trois pas, ayant trop peur de le voir déguerpir, restant assise des jours durant sans bouger, avec juste à portée de main le frigo et les savonnettes, se bourrant de sucreries – avec dans l'idée peut-être de le retenir plus longtemps dans un endroit chaud, humide et acidulé –, écoutant le soir le doux murmure du mont, attentive la nuit aux soupirs des objets qui poussent et soufflent, cherchent leur respiration et bourdonnent tant et si bien qu'on aimerait les aider, participer au klang comme on aide au rot les petiots. Se faisant plante comme on entre dans les ordres, elle pensa ne plus bouger du tout, se transformer en fleur à tentacules – qui piocherait dans les entrailles électriques les morceaux de viande moisie, séchée, fumée par trop d'attente, cet incalculable tas de viande qui sédimentait dans le froid approximatif du vieil engin. Elle hésita même un moment à distribuer un peu de toute cette nourriture en partance en bas du mont Tonnerre.

La raison, pourtant si souvent en cavale, l'en empêcha dans un petit sursaut. Te rends-tu compte, folle que tu es, cette chair ne peut être que pour toi et le petit. Elle s'animera cette peau-là dès qu'elle verra la chevrolet jaune et les madous du bas. Te rends-tu compte ?

Mais l'odeur se faisant si forte, il fallut à ma mano cinglée trouver une solution. Elle se mit à terre dans la cuisine – le ventre si rond et si plein qu'elle croyait par moments le voir se fendiller – et souleva les dalles de pierre. Et une à gauche et une à droite et une à gauche et une à droite. Dans un mouvement précis et lent d'insecte bâtisseur, avec la régularité entêtée d'un cœur. Et une à gauche et une à droite et une à gauche et une à droite. Les jambes écartées pour laisser tomber sa planète entre les cuisses, soufflant avec application, toute liquide – entendant des glou et des glou dans les creux de sa chair – et sérieuse, obsédée et folle.

Elle gratta, d'abord avec des fourchettes et des cuillères, creusant le mont sous sa maison, pensant atteindre peut-être l'une des cavernes d'eau fraîche qui s'y cachaient ; elle fit de petits tas mélancoliques autour de la place qu'elle s'était choisie, finissant par grattiller avec ses doigts, se brisant les ongles – ayant plaisir, oui, à se casser en petits morceaux. La cuisine fut bientôt parsemée de terrils muets, posés là, comme dans l'attente de quelque catastrophe.

« Je vais tout ranger », bourdonnait-elle.

Traînant son cul sur le sol, raclant la poussière avec sa robe éteinte, elle sortit la viande de son frigidaire et la déposa paquet après paquet dans les trous qu'elle avait creusés, la poussa dans les interstices, enfonça ses doigts dans le sol, et traversa la moisissure qui recouvrait la triste chair.

« Je vais tout ranger. »

Mais elle ne pouvait pas tout ranger sous la terre. La viande verte et moussue débordait de ses placards, prenant une ampleur de torrent et de tempête, sortant des tiroirs, dégringolant des étagères, suintant du buffet, dégoulinant de toutes les fissures, gouttant, doucement liquide et têtue.

« Je vais tout ranger. »

Mais elle ne pouvait pas tout ranger. Impossible de classer, discipliner, enterrer toute cette nourriture en pleine expansion – grouillant déjà et se carapatant de chaque territoire déterminé où elle avait cru la faire disparaître.

L'odeur insupportable se dissipa dans les hauteurs des arbres. Les vapeurs ammoniaquées du cadavre décimaient les petits oiseaux du mont ; ils tombaient en plein vol, stoppés net, étouffés.

Et ma mano creusait dans toute sa maison pour enrayer cette évasion, aplatissant comme avec un battoir, recouvrant de terre, posant les dalles à cheval sur le trop-plein, geignant petitement, se doutant peut-être que cette entreprise risquait d'esquinter le petiot camouflé dans ses entrailles mais ne pouvant plus s'arrêter pour pleurer là et attendre que la disparition du corps se fasse toute seule.

Elle y mit donc son cœur de mano, bruissant et affolé. Elle s'entêta et vida méthodiquement

« Je vais tout ranger. »

tous les petits coins dans lesquels l'odeur sucrée-salée répugnante s'était camouflée.

Le sol entier de sa maison abritait maintenant les dernières traces du vaste corps découpé.

Il y eut quelques signes avant-coureurs. Un nuage ou deux, une brise à peine sensible venue du large, une senteur de mer – arrivant à traverser l'odeur trouble venue du mont –, un petit quelque chose de coton tiède qui soupirait dans les oreilles.

La saison grise allait se poser de nouveau chez les madous.

Et on put percevoir une pointe de découragement chez certaines, un soupir trop appuyé, le visage incliné, l'œil implorant les ciels encore tendres, une très légère désespérance qui n'augurait rien de bon pour les temps à venir.

Elles soufflèrent et soufflèrent, affligées.

L'abattement les prenait là à la gorge, serrant tout doucement ses doigts autour de leur cou pour tester leur résistance.

Cette année-là, aucune nouvelle madou-madou ne s'était manifestée.

Et aucun couillu n'avait trouvé naissance.

La pluie revint d'un coup. Comme ça brutalement. Il faisait beau, ciel clair, perroquets tapageurs, singes hurleurs gloussant dans la forêt, murmure tranquille des arbres. Il faisait beau. Les madous s'activaient et s'occupaient dans un grand froufrou d'activité et d'occupation, sans plus ni moins d'entrain qu'à l'habitude. Ou peut-être si, avec un tout petit peu plus de langueur, de détachement, comme si elles portaient un très léger fardeau de plus sur chacune de leurs épaules, et cette accumulation déséquilibrait leur squelette en cerceau, les faisant basculer doucement en avant.

Mais mis à part ce détail tout allait dans le sens des jours normaux.

Alors quand les ciels se fendirent, déchiquetés comme un tissu qu'on craque, aucune des madous ne pensa à s'abriter. Elles s'immobilisèrent instantanément dans l'action qu'elles accomplissaient comme au sifflement d'un maître d'école – et se sentirent blessées de ne plus pouvoir faire confiance à leurs ciels Tonnerre.

Le bleu s'en était allé, il faisait tout à coup sombre, sombre, sombre ; les maisons avaient un éclat de tôle fondue ; le fleuve en bas était devenu métallique.

La grisaillerie s'en revenait.

Les madous, pas vraiment prêtes cette fois-ci à prendre leur mal en patience, marchèrent tout doucement vers leurs cabanes, reniflant et traînant des jupons déjà torchons. Embourbées qu'elles étaient dans leur fouillis de tracasseries, et pas gaies, ça, pas gaies. À cause de la teinte que prenait l'existence en cet instant non préparé, à cause de la douleur d'être vivantes dans l'absence de madou-madou et d'être nées dans la vieillesse de Dieu. Il y eut un grand souffle sur le mont. Elles soupirèrent toutes en même temps. Et ce murmure fit bruire une dernière fois les feuilles des amarocadiers. Puis tout se tut, tout s'éteignit. La saison triste était revenue.

14

Au bout d'un moment, le petit couillu n'y tint plus. Il décida de partir. Il pleuvait maintenant sans discontinuer – le même rideau triste et lassant qui empêche les mouches d'entrer. Il n'y avait plus de bruit, juste la rumeur tranquille de toute cette eau comme un chuchotement ininterrompu. Et la voix du minuscule à l'intérieur, qui disait :

« Je ne vais pas rester là-dedans, il y fait trop chaud, le bruit du cœur badaboum est trop assourdissant. »

La mano est maintenant allongée sur son lit. Elle pense qu'elle ne pourra plus jamais s'en extirper. Elle imagine qu'elle va rester toujours dans cette position de tortue, le ventre offert, le corps vulnérable.

« Je ne vais pas rester là, toute cette mijotaille me fait vomir. »

La mano sent cette volonté étrangère qui prend ses aises et se met à décider de son sort

« Je ne vais pas rester là, je veux m'en aller. »

qui gigote et s'étire et se déplie et la refuse, elle, en bloc, la dénie, lui mange le reste des entrailles, griffe sa boule et se nourrit de sa sueur et de sa peur.

« Je n'ai pas peur », dit la mano.

Mais ce n'est pas vrai. Elle ne craint certes pas la douleur mais la venue d'une créature animée qu'elle n'a pas su garder emprisonnée comme elle l'a fait pour le Jo avant qu'il décampe.

« Oh mon Jo, pourquoi t'es-tu carapaté ? »

Elle renifle, toute l'eau des ciels remonte dans ses narines et inonde son cerveau, elle sent son corps entier baigner et bouger, animé d'une force étrangère,

« Oh, mon Jo, pourquoi m'as-tu laissée faire ça ? »

et l'eau redégoulinant de ses yeux avec un fracas d'orage, et ses sourcils se haussant, se haussant – semblant vouloir disparaître sous ses cheveux nattés et enturbannés –, son regard se faisant tout intérieur, tentant de déchiffrer le message du petiot caché dedans. Puis elle sentit le bas de son corps se séparer du haut, vivant sa vie, se contractant et se crispant pendant qu'elle zyeutait, coincée dans sa tête.

La pluie ne s'arrêta pas pour autant, partie qu'elle était pour durer le plus longtemps possible.

La sage-madou qui le sortit de là le trouva si petit qu'elle pensa qu'on ne pourrait en tirer aucune survivance. Elle le tourna de tous les côtés, le laissa crachoter et coasser et le remua vivement pour qu'il continue d'exister. Le tout-petiot qui ne s'alimentait plus depuis des lustres ouvrit grand la bouche, affamé, trouvant sans doute du réconfort à ce visage rond et luisant de tranquille madou – même si finalement il ne voyait pas encore grand-chose –, ne cessant désormais plus de réclamer de quoi vivre, avec une telle urgence que la sage-madou fut rassurée.

Ce couillu-là, malgré sa peau de managoué et son

gabarit de bébé fourmi, résisterait à tout. Il en était dit ainsi.

La sage-madou qui était montée tirer la mano de cette affaire-là avait été désignée d'office ; aucune d'entre toutes n'avait une envie folle de grimpiller en haut, d'entrer dans cette maison de pierre tout imprégnée de sucre et de viande et de miel et de sortir le couillu-fourchu de ce ventre infâme. Elle y était tout de même allée, soutenue au milieu de cette bouillasse par le Georges et le Bakoué, pour éviter les déboulis et les petits cyclones de passage. Mes deux hommes Tonnerre, si souvent présents qu'ils en devenaient invisibles, l'avaient assistée muettement mais en tremblotant déjà du complot des madous.

Ce qu'elle avait vu tout là-haut, c'était une femme en souffrance qui allait bientôt mettre bas. Ce n'était pas une sorcière. Et la madou, assaillie par le doute, regarda alentour pour trouver de quoi persister dans le règlement de comptes qui se préparait ; elle vit les dalles descellées qui laissaient échapper des grouillements blanchâtres noyés par-ci par-là dans des flaques d'eau malignes. La sage-madou opina du menton, prenant les choses comme elles venaient, refusant de s'effaroucher, s'entêtant à fabriquer un bébé de plus et puis c'est tout.

La chose se déroula comme la sage-madou avait pu l'espérer, dans sa grande expérience de sage-madou de Tonnerre.

La mano s'éteignit, épuisée, dégonflée en un coup, s'endormant pour un moment, les bras ballants qui dégringolaient le long du lit, en trop petits morceaux pour manger quoi que ce soit – pourtant elle put sentir avant de s'endormir le trou terrible au fond de son corps et elle se crut prête à dévorer n'importe quoi. Elle réclama juste son Kinjo avant de s'en aller. La sage-madou – qui pataugeait dans tous les liquides mélangés (rouge, rouge, blanc, bleu presque transparent, rouge encore) – le lui posa sur le ventre un instant et, voyant que l'autre s'était endormie, s'en empara de nouveau, l'entoura de ses bras longs, le couvrit de chiffons – pour que l'eau, la mauvaise, celle du mont qui tombe obstinément du ciel et donne au monde cette teinte verte et morte, pour que l'eau folle ne pénètre pas ce corps encore aquatique et ne vrille pas ces poumons immatures. Elle emporta sous son bras le Kinjo minuscule, lui donnant son doigt à téter – et bientôt sa main tout entière tant sa bouche était large. Elle fit le signe convenu, renvoya le Bakoué et le Georges qui avaient attendu silencieusement à la porte – juste protégés de la pluie par les grandes feuilles de ninacoubray – et put ainsi, debout sur le seuil, planter son sein trop plein dans la bouche de grenouille de ce Kinjo-là. Le petit parasite s'y accrocha comme une excroissance, trop heureux de ce lait qui sentait la cannelle et les épices douces, tout entier dans l'odeur et le moelleux de cette chair gaie.

Ils attendirent ainsi, dans le grand aquarium, l'arrivée des madous outillées, tous deux à l'orée de cette maison sale, avec derrière eux le sommeil de la mano.

Une légère perturbation – un petit orage électrique peut-être – fit cligner les yeux de la mano. Cling, cling, mais où est mon Kinjo ? Elle se plissa et se détendit, apercevant tout au bout de son œil gauche la silhouette large et enjuponnée de la sage-madou qui lui tournait le dos, se découpant dans l'encadrement de la porte. La madou chantonnait et donnait le sein à son Kinjo. Les liquides qui étaient restés dans le corps de la belle se glacèrent et tressaillirent. Mon Kinjo, elle va me le prendre, j'ai du lait moi aussi, plein de vitamines et de bonnes choses pour ce petiot. D'invisibles mouvements précédèrent cette pensée. Toutes les saloperies – champignons et moisissure – qui avaient élu domicile sous le crâne de la mano, cachées dans les charpentes, grignotant et minant les soutènements, s'activèrent un peu plus, ayant longtemps attendu leur heure. Un peu de crâne s'abattit bruyamment ; la poussière passa devant les yeux de la mano qui tomba hors du lit et s'arma de la barre en métal qui lui servait à étendre ses foulards.

La madou, prise dans son extase, toute à l'écoute des madous du bas qui montaient le chemin derrière le vacarme lent de la pluie, n'entendit pas le chuchotis de la mano sur le sol, emprisonnée dans ses linges et sa haine

oh mais elle n'a pas le droit

l'affreuse se glissa sur les dalles disjointes vers le point lumineux, dégoulinante encore de rouge sombre presque noir

oh mais je ne veux pas de ça

et arrivée derrière les mollets de la madou solide, entendant la succion vorace de son petit, elle brandit sa barre de fer

oh pas de ça ici

oubliant la magie grise et les sorcelleries, et en assena un coup terrible derrière les genoux de la madou, dans le creux doux qui se cache là ; la madou sage s'abattit devant elle, dans l'eau sous les amarocadiers, avec un sursaut ralenti de montgolfière

le petit coincé sous le vaste corps tétait toujours, imbibé maintenant de pluie et de boue

la mano souleva de nouveau la barre et fendit en deux le crâne de la bonne madou

oh quel malheur

le petiot continua, sentant la tristesse et la mélancolie envahir son champ de vision

la mano trifouilla sous les jupons et l'averse, en sortit son Kinjo qui ne voulut pas se laisser faire et glapit en hoquetant comme une poule, accroché au sein bienveillant

la mano se sentait partir en purée

le petiot sous le bras qui couinait tant et plus, elle tenta de ramper sur le sol vers l'intérieur de sa maison de pierre pour se recroqueviller dans son ombre ; c'est alors qu'elle aperçut par-dessus son épaule l'assemblée entière des madous qui grimpait vers elle

oh ça, je n'aurais pas cru

elles arrivèrent en force et ici même lui réglèrent son compte.

15

Les morts, au Tonnerre, ne reviennent jamais. Ils ne dansent pas, ne piétinent pas devant les portes ou dans les esprits, ne lancent aucune complainte au vent. Nous vivons présentement dans ce grand silence pesant. Les fantômes sont si rares, ma foi, même les écorchés d'amour ne reprennent pas le chemin du Tonnerre après leur extinction. Personne ne hante les bois, personne ne remonte du fleuve, personne ne répond aux injonctions des vivants. L'absence est longue, si longue.

Les morts sont muets au Tonnerre, muets et morts.

La sage-madou au crâne double – dans lequel la pluie avait laissé se former un petit lac – fut entourée des mille soins des autres madous. Elles ne purent faire revenir la lumière dans ce corps perdu ; la fêlure de sa tête était si parfaite que toute la vie s'en était échappée. Les madous pleurèrent très fort le début de ce si grand abandon. La sage-madou courageuse devint l'assassinée du mont. Et puis les mots s'éteignirent d'eux-mêmes. Elle devint Lassinée. On entoura le corps de la madou d'un embaumement de feuilles de ninacoubray, bien serrées sur son corps mis à nu, son crâne fut recousu, ses yeux furent maquillés, puis son image disparut sous le tressage des feuilles; elle était devenue insecte, chrysalide, pirogue.

On la veilla pour être encore près d'elle quelque temps. Puis on l'emporta dans la forêt en chassant les singes hurleurs et les oiseaux moqueurs – ce fut une longue traîne de madous rouges et en colère, grandies par l'injustice qu'avait subie leur compagne, toutes emmalheurées et lentes. Elles étaient suivies du Bakoué et du Georges qui n'en revenaient pas. Elles enterrèrent la sage-madou, en faisant creuser par les deux hommes de l'assemblée le trou le plus profond qu'ils purent. Pour qu'elle y soit bien et qu'elle reste bien sagement là. Puis elles s'en retournèrent.

Il pleuvait si longuement, si obstinément.

La maladie grise dégringola sur les derniers esprits vaillants. Et en quelques jours, c'en fut fait.

Le corps de la mano semblait avoir été picoré et gratté. Même la tache de vinotente avait disparu, griffée de son visage. Les yeux n'y étaient plus, la peau était piétinée et s'en allait en longues épluchures blanchâtres. Elle pèle, la mano laide. Et son ventre gonflé n'est plus qu'une baudruche vidée. Elle gît, définitivement morte. Et elle pèle et pèle, la mano laide.

Les madous ne voulaient plus toucher ce corps empoisonné. Elles emberlificotèrent leurs mains de caoutchouc et l'emportèrent tout en bas du mont, une à chaque bout, ne le protégeant pas de la pluie, espérant sans doute le purifier ou le faire fondre, voulant si fort s'en débarrasser qu'elles n'arrivaient presque plus à réfléchir. Elles descendaient du mont, abritées par le Georges et le Bakoué, interdisant aux gueuniards d'approcher, s'énervant, trempées et tristes, se lamentant à cause de toutes ces tragédies, roucoulant sous l'eau en soupirs.

En bas, dans leur village-madou, avec sa boue, ses planches en bois qui aident à traverser les fossés, ses cabanes et sa chevrolet plus jaune mais tout à fait rouillée, les madous s'interrogèrent. Elles s'assirent en rond chez l'une d'entre elles, grignotant les biscuits et les fruits confits, et laissèrent le corps de la mano là, sous la pluie, avec la bouillasse qui lui grimpait dessus pour lui triturer les organes. Le Bakoué et le Georges, toujours chargés de faire respecter cette atmosphère de cimetière, empêchaient les petiots de venir y mettre leurs pattes. Les madous attendirent le temps qui leur sembla nécessaire, espérant sans doute qu'en sortant de la maison le corps aurait tout à fait disparu. Quand elles mirent le nez dehors, elles s'aperçurent que le Bakoué et le Georges, en plus de l'entretien de l'atmosphère de cimetière, avaient méticuleusement débarrassé la mano morte de la boue qui la recouvrait. Elle gisait là toute brisée, et les deux hommes Tonnerre la regardaient, tristement ignorants du pourquoi du comment. Ils reniflaient sous la pluie, si malheureux de tout ce tintouin qu'ils ne pensaient pas à s'abriter pour éviter les pneumo-algues.

Les madous, en voyant ce spectacle, décidèrent très vite de la jeter au fleuve pour ne plus en entendre parler. Pour ne plus la voir se désagréger et partir en gadoue. Comme elles étaient fatiguées et abattues par la maladie grise, elles envoyèrent les deux hommes se coltiner cette besogne de croque-cadavres. Et elles retournèrent dans leurs cabanes après avoir décrété que la sage-madou assassinée devenait à titre posthume la dernière des madous-madous.

Chacune, dans l'intimité de son chez-elle, prit du thé piquier et hop se déshabilla et se glissa dans son lit, appelant à elle les gueuniards petits et grands pour les réconforter dans les plis de son corps. Ce n'était pas la meilleure parade contre la maladie grise mais ce fut la seule qui leur sembla encore possible. Ainsi s'endormirent-elles.

Ils l'avaient tenue comme ils avaient pu, rassemblant les morceaux, les ramassant dans la boue, silencieux et religieux, glissant par-ci, se vautrant par-là, sans plus de joie dans leur cœur que de soleil sur le mont Tonnerre. Ils étaient si tristes de ces besognes de mort et de ce mont qui s'en allait à l'eau. Bienheureux tout de même d'être deux dans ce galion vaincu, ils avançaient vers le fleuve avec des pas d'automates. Le Bakoué avait l'impression qu'on pouvait le presser comme une éponge, que ses poumons s'étaient entièrement remplis de pluie et que son corps miraculeusement debout ne demandait qu'à s'écrouler dans un floc mou et définitif.

Arrivés au bord du fleuve – qui faisait des yeux et tourbillonnait jaunâtre et assassin –, ils ne purent jeter à l'eau ce qui restait de la mano folle. Le Bakoué ne sentait plus ses bras ; il se souvenait tout simplement d'un temps où il avait eu un penchant penché pour la mano du haut. Le Georges et le Bakoué se regardaient sous la pluie, pas bien fiers ma foi, attendant l'un comme l'autre de ne pas prendre la décision. Le Bakoué noyé dans tout ce gris dit que non certainement pas il ne jetterait pas la mano à l'eau, inutile d'insister. Le Georges répondit que, par sa barbe, il ne le voulait pas non plus. Ils trouvèrent un endroit au-delà de la mangrove où les tikanas n'allaient pas et où la boue avait une texture un peu plus terreuse et un peu moins spongieuse. Ils grattouillèrent avec des branches, ayant pris soin de recouvrir la mano de feuilles de managuier pour la protéger, etc., etc. Et ils la plantèrent là, au fond d'un trou, à la base du mont Tonnerre, dans le creux tendre du volcan. Ils la plantèrent comme on sème les graines d'une plante, en espérant confusément plein de choses, en redoutant les intempéries et en usant d'un geste vaste et rond.

Ça travaillait le Bakoué toutes ces histoires de madous et, en rentrant avec le Georges, après ne pas avoir accompli leur mission, il réfléchissait, mon Bakoué, il cogitait dur. En général, il était plutôt du genre contemplatif, dodelinant toujours sous l'effet de l'ensommeillure, pas fait pour travailler – ni au fleuve ni dans les carrières –, juste bon à être assis sur une marche à regarder le reste du monde s'agiter frénétiquement. Du genre aussi, ce bon Bakoué, à ne pas agir sans se poser mille questions, à se demander si finalement ils avaient bien fait de déposer la mano juste sous les fondations du mont, si ça n'allait pas amener quelque malheur, quelque raz de marée, quelque horreur sans nom. Il n'arriva pas à parler de ses peurs au Georges qui se pressait sous la pluie, activant ses guibolles en s'éclaboussant les mollets. Le Bakoué resta tout derrière, marchant à grandes et lentes enjambées. Ils remontèrent tristounes jusqu'au village-madou.

Ils comprirent vraiment qu'ils avaient commis l'irréparable quand ils virent le village silencieux et fermé. Le Georges se fit tout petit et se faufila jusqu'à sa cabane, se protégeant le crâne de ses bras repliés, attendant la catastrophe, sentant déjà sous ses pieds la montagne s'ébranler pour fondre vers le fleuve, tout empoisonnée qu'elle était par la chair folle de la mano. Il disparut derrière sa porte dans un dernier couinement, laissant le Bakoué planté là sous l'entêtement de l'eau. Celui-ci se crut devenu arbre, piquet droit fiché au milieu de la place, à deux doigts de la chevrolet noyée. La boue commençait à lui grignoter les genoux.

Le village semblait mort. Le sommeil avait pris les madous.

Et hop, la boue attaqua les cuisses.

Elles étaient si fatiguées, mes madous, après tout ce tintouin. N'avaient peut-être pas tant envie de continuer.

Et splic et sploc, la boue gagne du terrain.

Il n'y avait plus assez de vie dans ce village-là pour intéresser même un volcan au réveil.

La boue sauta sur la bistouque du Bakoué qui fit un bond en l'air – pour le coup, ça le dégagea – en glapissant des jurons de Bakoué.

Mon Bakoué ne voit plus grand-chose sous ce trop d'eau. Les cabanes disparaissent peu à peu. On entend déjà rugir au loin les roches du mont, la pierraille et les cailloux nombreux qui dégringolent dans un bruit de fin du monde en poursuivant la bouillasse de leurs assiduités.

C'est là que la seule petite voix qui ne dort pas sous ce déluge perce la grisaillerie triste de la place, l'incessant fredon de la pluie et le raz de boue qui s'annonce. Elle répond au juron de mon Bakoué un petit mot de son invention, un très faiblard gzzzgzzzgzzz qui trouve l'homme Tonnerre et le prend au collet. C'est le petit Kinjo qui, venant d'un coup de perdre deux mères, pleurniche sur son sort malheureux. Ces cris peuvent s'apparenter au bruissement des mouches, incluant sa détresse et son impatience, laissant pressentir son indignation, réclamant de l'aide et de l'attention dans son impatience de larve. Il gigote comme il peut, langé serré enveloppé, et glapit comme un noyé.

« Doux, doux, petit Kinjo, ta manman l'est partie mais moi je suis bien là. »

Gzzzgzzzgzzzgzzzgzzzgzzzgzzzgzzzgzzzgzzzgzzz est la réponse du tout-petiot. Il est là-bas, coincé dans ce bout de cabane pour qu'on ne l'entende pas – les madous ont trop besoin de sommeil et trop de chagrin pour avoir le cœur à le papouiller. Bien sûr, c'est un petit Kinjo, le seul de la saison et il sera traité comme tel, mais, pour le moment, personne ne se sent l'envie de lui grattouiller le ventre, surtout avec toute cette pluie qui n'en finit pas de tomber.

Le Bakoué se dirige vers la cabane d'où le vagissement aigu s'échappe. La boue lui arrive à la taille ; il sent sa morsure de murène qui lui grattouille les coins perdus du corps. Les pilotis tiennent encore – en un éclair, le Bakoué imagine le village au soleil avant les grands malheurs et il en pleurerait. Il se hisse sur la galerie et ouvre la porte. Là, le loupiot raconte sa vie courte en mots minuscules et invente des noms doux à celui qui le sortira de là.

« Doux, doux, petit Kinjo, ta manman l'est partie mais moi je suis bien là. »

Il ne demande que ça le grognon ; il ouvre les yeux et les oreilles – les uns allant avec les autres puisque ses pleurs fermaient toutes les écoutilles. Le tout fétu loupiot écarte les bras au son de cette voix. Il y perçoit un salut, il essaie de le clamer bien fort mais rien ne sort de sa petite gorge si ce ne sont de jolis sons sans sens. Il aperçoit dans le flouté qui l'entoure – taches colorées et mouvantes si aquatiques que le monde entier n'est encore que le fond d'un lac – les gestes et les sourires de lune d'un compagnon.

Le Bakoué a compris de quoi il retournait, et le voilà ému par ce loupiot tendu vers lui, heureux enfin de cette reconnaissance ; il entend bien trop proche maintenant le roulis du mont qui s'éboule vers les madous ensommeillées, sentant gronder sous ses pieds le corps de la mano qui rend la montagne au chaos, réalisant tout à coup que les madous vont entrer dans un très long hiver et que cette saison-là ne conviendra pas à un couillu perdu.

Alors il enveloppe le précieux dans les draps, ne laissant dépasser que son museau et ses yeux – parce qu'il est important que ce petit voie et se souvienne –, il le colle à son torse de Bakoué et entoure le tout des chiffons qu'il trouve dans cet appentis-pleuroir pour le faire tenir là sans se servir des bras. Mon Bakoué bondit dehors, submergé il est vrai par la forte odeur de pourriture qui est descendue vers le village, entendant bruire le long sommeil des madous, décampant, mon Kinjo, décampant dans la boue-garou avec toi si petit le visage hors de l'eau, muet devant ce déluge, accroché de toute ton âme à cette arche, désirant être tous les animaux du monde à la fois pour satisfaire ton bienfaiteur, ouvrant si grands tes yeux myopes qu'ils semblent vouloir rouler et plonger.

Le Bakoué, sec comme une brindille, n'est pas bâti pour couler. Il patauge ainsi avec détermination jusqu'au fleuve. Il ne se retourne pas ce Bakoué, ne laissant pas le temps à la bouillasse de le rattraper, zyeutant partout à la fois pour surveiller les bestioles qui vont s'affoler et qu'on entend déjà dévaler le mont pour courir à la noyade, il sort sa barque à lui, celle qu'il utilise pour pêcher les tikanas, il l'extirpe des joncs, la découvre comme un joyau qui luirait sous la pluie, la poussant vers le fleuve, l'embourbant, la tirant-tiroyant, craignant il ne sait plus vraiment quoi, mais craignant quelque chose si fort que ça le fait gémir, le petiot greffé au torse ne dit plus rien, il écoute, le Bakoué enfin atteint le fleuve, il rame et tente de se sortir du lacis de racines, il a volé le bébé, se dit-il, il a volé ce petit et il l'emmène sur le fleuve en crue, il est le seul à tenter quelque chose pour ce Kinjo sans manman, alors il y va mon Bakoué, il saute dans sa barquette au milieu des tourbillons jaunes, écope comme il peut et rame et rame pour atteindre l'autre rive, pendant que le village-madou disparaît dans ce très long hiver.

DU MÊME AUTEUR

Toutes choses scintillant
Éditions de l'Ampoule, 2002
et « J'ai lu », n° 7730

Les hommes en général
me plaisent beaucoup
Actes Sud, 2003
« Babel », n° 697
et « J'ai lu », n° 8102

Déloger l'animal
Actes Sud, 2005
« Babel », n° 822
et « J'ai lu », n° 8866

La Très Petite Zébuline
(en collaboration avec Joëlle Jolivet)
Actes Sud junior, 2006

Et mon cœur transparent
Éditions de l'Olivier, 2008
et « J'ai lu », n° 9017

Ce que je sais de Vera Candida
Éditions de l'Olivier, 2009
et « J'ai lu », n° 9657

Des vies d'oiseaux
Éditions de l'Olivier, 2011
et « J'ai lu », n° 10438

La Salle de bains du Titanic
« J'ai lu », n° 9874, 2012

La Grâce des brigands
Éditions de l'Olivier, 2013

COMPOSITION : PAO ÉDITIONS DU SEUIL
IMPRESSION : CPI BRODARD ET TAUPIN À LA FLÈCHE
DÉPÔT LÉGAL : AOÛT 2013. N° 112572. (73285)
IMPRIMÉ EN FRANCE

DERNIERS TITRES PARUS

P2830. Les Cendres froides, *Valentin Musso*
P2831. Les Compliments. Chroniques, *François Morel*
P2832. Bienvenue à Oakland, *Eric Miles Williamson*
P2833. Tout le cimetière en parle, *Marie-Ange Guillaume*
P2834. La Vie éternelle de Ramsès II, *Robert Solé*
P2835. Nyctalope ? Ta mère. Petit dictionnaire loufoque des mots savants, *Tristan Savin*
P2836. Les Visages écrasés, *Marin Ledun*
P2837. Crack, *Tristan Jordis*
P2838. Fragments. Poèmes, écrits intimes, lettres, *Marilyn Monroe*
P2839. Histoires d'ici et d'ailleurs, *Luis Sepúlveda*
P2840. La Mauvaise Habitude d'être soi *Martin Page, Quentin Faucompré*
P2841. Trois semaines pour un adieu, *C.J. Box*
P2842. Orphelins de sang, *Patrick Bard*
P2843. La Ballade de Gueule-Tranchée, *Glenn Taylor*
P2844. Cœur de prêtre, cœur de feu, *Guy Gilbert*
P2845. La Grande Maison, *Nicole Krauss*
P2846. 676, *Yan Gérard*
P2847. Betty et ses filles, *Cathleen Schine*
P2848. Je ne suis pas d'ici, *Hugo Hamilton*
P2849. Le Capitalisme hors la loi, *Marc Roche*
P2850. Le Roman de Bergen. 1950 Le Zénith – tome IV *Gunnar Staalesen*
P2851. Pour tout l'or du Brésil, *Jean-Paul Delfino*
P2852. Chamboula, *Paul Fournel*
P2853. Les Heures secrètes, *Élisabeth Brami*
P2854. J.O., *Raymond Depardon*
P2855. Freedom, *Jonathan Franzen*

P2856. Scintillation, *John Burnside*
P2857. Rouler, *Christian Oster*
P2858. Accabadora, *Michela Murgia*
P2859. Kampuchéa, *Patrick Deville*
P2860. Les Idiots (petites vies), *Ermanno Cavazzoni*
P2861. La Femme et l'Ours, *Philippe Jaenada*
P2862. L'Incendie du Chiado, *François Vallejo*
P2863. Le Londres-Louxor, *Jakuta Alikavazovic*
P2864. Rêves de Russie, *Yasushi Inoué*
P2865. Des garçons d'avenir, *Nathalie Bauer*
P2866. La Marche du cavalier, *Geneviève Brisac*
P2867. Cadrages & Débordements
Marc Lièvremont (avec Pierre Ballester)
P2868. Automne, *Mons Kallentoft*
P2869. Du sang sur l'autel, *Thomas Cook*
P2870. Le Vingt et Unième cas, *Håkan Nesser*
P2871. Nous, on peut. Manuel anticrise à l'usage du citoyen
Jacques Généreux
P2872. Une autre jeunesse, *Jean-René Huguenin*
P2873. L'Amour d'une honnête femme, *Alice Munro*
P2874. Secrets de Polichinelle, *Alice Munro*
P2875. Histoire secrète du Costaguana, *Juan Gabriel Vásquez*
P2876. Le Cas Sneijder, *Jean-Paul Dubois*
P2877. Assommons les pauvres !, *Shumona Sinha*
P2878. Brut, *Dalibor Frioux*
P2879. Destruction massive. Géopolitique de la faim
Jean Ziegler
P2880. Une petite ville sans histoire, *Greg Iles*
P2881. Intrusion, *Natsuo Kirino*
P2882. Tatouage, *Manuel Vázquez Montalbán*
P2883. D'une porte l'autre, *Charles Aznavour*
P2884. L'Intégrale Gainsbourg. L'histoire de toutes ses chansons
Loïc Picaud, Gilles Verlant
P2885. Hymne, *Lydie Salvayre*
P2886. B.W., *Lydie Salvayre*
P2887. Les Notaires. Enquête sur la profession la plus puissante
de France, *Laurence de Charette, Denis Boulard*
P2888. Le Dépaysement. Voyages en France
Jean-Christophe Bailly
P2889. Les Filles d'Allah, *Nedim Gürsel*
P2890. Les Yeux de Lira, *Eva Joly et Judith Perrignon*
P2891. Recettes intimes de grands chefs, *Irvine Welsh*
P2892. Petit Lexique du petit, *Jean-Luc Petitrenaud*
P2893. La Vie sexuelle d'un islamiste à Paris, *Leïla Marouane*

P2894. Ils sont partis avec panache. Les dernières paroles, de Jules César à Jimi Hendrix, *Michel Gaillard*
P2896. Le Livre de la grammaire intérieure, *David Grossman*
P2897. Philby. Portrait de l'espion en jeune homme *Robert Littell*
P2898. Jérusalem, *Gonçalo M. Tavares*
P2899. Un capitaine sans importance, *Patrice Franceschi*
P2900. Grenouilles, *Mo Yan*
P2901. Lost Girls, *Andrew Pyper*
P2902. Satori, *Don Winslow*
P2903. Cadix, ou la diagonale du fou, *Arturo Pérez-Reverte*
P2904. Cranford, *Elizabeth Gaskell*
P2905. Les Confessions de Mr Harrison, *Elizabeth Gaskell*
P2906. Jón l'Islandais, *Bruno d'Halluin*
P2907. Journal d'un mythomane, vol. 1, *Nicolas Bedos*
P2908. Le Roi prédateur, *Catherine Graciet et Éric Laurent*
P2909. Tout passe, *Bernard Comment*
P2910. Paris, mode d'emploi. Bobos, néo-bistro, paniers bio et autres absurdités de la vie parisienne *Jean-Laurent Cassely*
P2911. J'ai réussi à rester en vie, *Joyce Carol Oates*
P2912. Folles nuits, *Joyce Carol Oates*
P2913. L'Insolente de Kaboul, *Chékéba Hachemi*
P2914. Tim Burton : entretiens avec Mark Salisbury
P2915. 99 proverbes à foutre à la poubelle, *Jean-Loup Chiflet*
P2916. Les Plus Belles Expressions de nos régions *Pascale Lafitte-Certa*
P2917. Petit dictionnaire du français familier. 2000 mots et expressions, d'« avoir la pétoche » à « zigouiller », *Claude Duneton*
P2918. Les Deux Sacrements, *Heinrich Böll*
P2919. Le Baiser de la femme-araignée, *Manuel Puig*
P2920. Les Anges perdus, *Jonathan Kellerman*
P2921. L'Humour des chats, *The New Yorker*
P2922. Les Enquêtes d'Erlendur, *Arnaldur Indridason*
P2923. Intermittence, *Andrea Camilleri*
P2924. Betty, *Arnaldur Indridason*
P2925. Grand-père avait un éléphant *Vaikom Muhammad Basheer*
P2926. Les Savants, *Manu Joseph*
P2927. Des saisons au bord de la mer, *François Maspero*
P2928. Le Poil et la Plume, *Anny Duperey*
P2929. Ces 600 milliards qui manquent à la France. Enquête au cœur de l'évasion fiscale, *Antoine Peillon*

P2930. Pensées pour moi-même. Le livre autorisé de citations *Nelson Mandela*
P2931. Carnivores domestiques (illustrations d'OlivSteen) *Erwan Créac'h*
P2932. Tes dernières volontés, *Laura Lippman*
P2933. Disparues, *Chris Mooney*
P2934. La Prisonnière de la tour, *Boris Akounine*
P2935. Cette vie ou une autre, *Dan Chaon*
P2936. Le Chinois, *Henning Mankell*
P2937. La Femme au masque de chair, *Donna Leon*
P2938. Comme neige, *Jon Michelet*
P2939. Par amitié, *George P. Pelecanos*
P2940. Avec le diable, *James Keene, Hillel Levin*
P2941. Les Fleurs de l'ombre, *Steve Mosby*
P2942. Double Dexter, *Jeff Lindsay*
P2943. Vox, *Dominique Sylvain*
P2944. Cobra, *Dominique Sylvain*
P2945. Au lieu-dit Noir-Étang…, *Thomas H. Cook*
P2946. La Place du mort, *Pascal Garnier*
P2947. Terre des rêves. La Trilogie du Minnesota, vol. 1 *Vidar Sundstøl*
P2948. Les Mille Automnes de Jacob de Zoet, *David Mitchell*
P2949. La Tuile de Tenpyô, *Yasushi Inoué*
P2950. Claustria, *Régis Jauffret*
P2951. L'Adieu à Stefan Zweig, *Belinda Cannone*
P2952. Là où commence le secret, *Arthur Loustalot*
P2953. Le Sanglot de l'homme noir, *Alain Mabanckou*
P2954. La Zonzon, *Alain Guyard*
P2955. L'éternité n'est pas si longue, *Fanny Chiarello*
P2956. Mémoires d'une femme de ménage *Isaure (en collaboration avec Bertrand Ferrier)*
P2957. Je suis faite comme ça. Mémoires, *Juliette Gréco*
P2958. Les Mots et la Chose. Trésors du langage érotique *Jean-Claude Carrière*
P2959. Ransom, *Jay McInerney*
P2960. Little Big Bang, *Benny Barbash*
P2961. Vie animale, *Justin Torres*
P2962. Enfin, *Edward St Aubyn*
P2963. La Mort muette, *Volker Kutscher*
P2964. Je trouverai ce que tu aimes, *Louise Doughty*
P2965. Les Sopranos, *Alan Warner*
P2966. Les Étoiles dans le ciel radieux, *Alan Warner*
P2967. Méfiez-vous des enfants sages, *Cécile Coulon*
P2968. Cheese Monkeys, *Chip Kidd*

P2969. Pommes, *Richard Milward*
P2970. Paris à vue d'œil, *Henri Cartier-Bresson*
P2971. Bienvenue en Transylvanie, *Collectif*
P2972. Super triste histoire d'amour, *Gary Shteyngart*
P2973. Les Mots les plus méchants de l'Histoire
Bernadette de Castelbajac
P2474. La femme qui résiste, *Anne Lauvergeon*
P2975. Le Monarque, son fils, son fief, *Marie-Célie Guillaume*
P2976. Écrire est une enfance, *Philippe Delerm*
P2977. Le Dernier Français, *Abd Al Malik*
P2978. Il faudrait s'arracher le cœur, *Dominique Fabre*
P2979. Dans la grande nuit des temps, *Antonio Muñoz Molina*
P2980. L'Expédition polaire à bicyclette
suivi de La Vie sportive aux États-Unis, *Robert Benchley*
P2981. L'Art de la vie. Karitas, Livre II
Kristín Marja Baldursdóttir
P2982. Parlez-moi d'amour, *Raymond Carver*
P2983. Tais-toi, je t'en prie, *Raymond Carver*
P2984. Débutants, *Raymond Carver*
P2985. Calligraphie des rêves, *Juan Marsé*
P2986. Juste être un homme, *Craig Davidson*
P2987. Les Strauss-Kahn, *Raphaëlle Bacqué, Ariane Chemin*
P2988. Derniers Poèmes, *Friedrich Hölderlin*
P2989. Partie de neige, *Paul Celan*
P2990. Mes conversations avec les tueurs, *Stéphane Bourgoin*
P2991. Double meurtre à Borodi Lane, *Jonathan Kellerman*
P2992. Poussière tu seras, *Sam Millar*
P2993. Jours de tremblement, *François Emmanuel*
P2994. Bataille de chats. Madrid 1936, *Eduardo Mendoza*
P2995. L'Ombre de moi-même, *Aimee Bender*
P2996. Il faut rentrer maintenant…
Eddy Mitchell (avec Didier Varrod)
P2997. Je me suis bien amusé, merci !, *Stéphane Guillon*
P2998. Le Manifeste Chap. Savoir-vivre révolutionnaire
pour gentleman moderne, *Gustav Temple, Vic Darkwood*
P2999. Comment j'ai vidé la maison de mes parents, *Lydia Flem*
P3000. Lettres d'amour en héritage, *Lydia Flem*
P3001. Enfant de fer, *Mo Yan*
P3002. Le Chapelet de jade, *Boris Akounine*
P3003. Pour l'amour de Rio, *Jean-Paul Delfino*
P3004. Les Traîtres, *Giancarlo de Cataldo*
P3005. Docteur Pasavento, *Enrique Vila-Matas*
P3006. Mon nom est légion, *António Lobo Antunes*
P3007. Printemps, *Mons Kallentoft*

P3008. La Voie de Bro, *Vladimir Sorokine*
P3009. Une collection très particulière, *Bernard Quiriny*
P3010. Rue des petites daurades, *Fellag*
P3011. L'Œil du léopard, *Henning Mankell*
P3012. Les mères juives ne meurent jamais, *Natalie David-Weill*
P3013. L'Argent de l'État. Un député mène l'enquête *René Dosière*
P3014. Kill kill faster faster, *Joel Rose*
P3015. La Peau de l'autre, *David Carkeet*
P3016. La Reine des Cipayes, *Catherine Clément*
P3017. Job, roman d'un homme simple, *Joseph Roth*
P3018. Espèce de savon à culotte ! et autres injures d'antan *Catherine Guennec*
P3019. Les mots que j'aime et quelques autres… *Jean-Michel Ribes*
P3020. Le Cercle Octobre, *Robert Littell*
P3021. Les Lunes de Jupiter, *Alice Munro*
P3022. Journal (1973-1982), *Joyce Carol Oates*
P3023. Le Musée du Dr Moses, *Joyce Carol Oates*
P3024. Avant la dernière ligne droite, *Patrice Franceschi*
P3025. Boréal, *Paul-Émile Victor*
P3026. Dernières nouvelles du Sud *Luis Sepúlveda, Daniel Mordzinski*
P3027. L'Aventure, pour quoi faire ?, *collectif*
P3028. La Muraille de lave, *Arnaldur Indridason*
P3029. L'Invisible, *Robert Pobi*
P3030. L'Attente de l'aube, *William Boyd*
P3031. Le Mur, le Kabyle et le marin, *Antonin Varenne*
P3032. Emily, *Stewart O'Nan*
P3033. Les oranges ne sont pas les seuls fruits, *Jeanette Winterson*
P3034. Le Sexe des cerises, *Jeanette Winterson*
P3035. À la trace, *Deon Meyer*
P3036. Comment devenir écrivain quand on vient de la grande plouquerie internationale, *Caryl Férey*
P3037. Doña Isabel (ou la véridique et très mystérieuse histoire d'une Créole perdue dans la forêt des Amazones) *Christel Mouchard*
P3038. Psychose, *Robert Bloch*
P3039. Équatoria, *Patrick Deville*
P3040. Moi, la fille qui plongeait dans le cœur du monde *Sabina Berman*
P3041. L'Abandon, *Peter Rock*
P3042. Allmen et le diamant rose, *Martin Suter*
P3043. Sur le fil du rasoir, *Oliver Harris*

P3044. Que vont devenir les grenouilles ?, *Lorrie Moore*
P3045. Quelque chose en nous de Michel Berger
Yves Bigot
P3046. Elizabeth II. Dans l'intimité du règne, *Isabelle Rivère*
P3047. Confession d'un tueur à gages, *Ma Xiaoquan*
P3048. La Chute. Le mystère Léviathan (tome 1), *Lionel Davoust*
P3049. Tout seul. Souvenirs, *Raymond Domenech*
P3050. L'homme naît grâce au cri, *Claude Vigée*
P3051. L'Empreinte des morts, *C.J. Box*
P3052. Qui a tué l'ayatollah Kanuni ?, *Naïri Nahapétian*
P3053. Cyber China, *Qiu Xiaolong*
P3054. Chamamé, *Leonardo Oyola*
P3055. Anquetil tout seul, *Paul Fournel*
P3056. Marcus, *Pierre Chazal*
P3057. Les Sœurs Brelan, *François Vallejo*
P3058. L'Espionne de Tanger, *María Dueñas*
P3059. Mick. Sex and rock'n'roll, *Christopher Andersen*
P3060. Ta carrière est fi-nie !, *Zoé Shepard*
P3061. Invitation à un assassinat, *Carmen Posadas*
P3062. L'Envers du miroir, *Jennifer Egan*
P3063. Dictionnaire ouvert jusqu'à 22 heures
Académie Alphonse Allais
P3064. Encore un mot. Billets du Figaro, *Étienne de Montety*
P3065. Frissons d'assises. L'instant où le procès bascule
Stéphane Durand-Souffland
P3066. Y revenir, *Dominique Ané*
P3067. J'ai épousé Johnny à Notre-Dame-de-Sion
Fariba Hachtroudi
P3068. Un concours de circonstances, *Amy Waldman*
P3069. La Pointe du couteau, *Gérard Chaliand*
P3070. Lila, *Robert M. Pirsig*
P3071. Les Amoureux de Sylvia, *Elizabeth Gaskell*
P3072. Cet été-là, *William Trevor*
P3073. Lucy, *William Trevor*
P3074. Diam's. Autobiographie, *Mélanie Georgiades*
P3075. Pourquoi être heureux quand on peut être normal ?
Jeanette Winterson
P3076. Qu'avons-nous fait de nos rêves ?, *Jennifer Egan*
P3077. Le Terroriste noir, *Tierno Monénembo*
P3078. Féerie générale, *Emmanuelle Pireyre*
P3079. Une partie de chasse, *Agnès Desarthe*
P3080. La Table des autres, *Michael Ondaatje*
P3081. Lame de fond, *Linda Lê*
P3082. Que nos vies aient l'air d'un film parfait, *Carole Fives*

P3083. Skinheads, *John King*
P3084. Le bruit des choses qui tombent
Juan Gabriel Vásquez
P3085. Quel trésor !, *Gaspard-Marie Janvier*
P3086. Rêves oubliés, *Léonor de Recondo*
P3087. Le Valet de peinture, *Jean-Daniel Baltassat*
P3088. L'État au régime. Gaspiller moins pour dépenser mieux
René Dosière
P3089. Refondons l'école. Pour l'avenir de nos enfants
Vincent Peillon
P3090. Vagabond de la bonne nouvelle, *Guy Gilbert*
P3091. Les Joyaux du paradis, *Donna Leon*
P3092. La Ville des serpents d'eau, *Brigitte Aubert*
P3093. Celle qui devait mourir, *Laura Lippman*
P3094. La Demeure éternelle, *William Gay*
P3095. Adulte jamais, *Pier Paolo Pasolini*
P3096. Le Livre du désir. Poèmes, *Leonard Cohen*
P3097. Autobiographie des objets, *François Bon*
P3098. L'Inconscience, *Thierry Hesse*
P3099. Les Vitamines du bonheur, *Raymond Carver*
P3100. Les Trois Roses jaunes, *Raymond Carver*
P3101. Le Monde à l'endroit, *Ron Rash*
P3102. Relevé de terre, *José Saramago*
P3103. Le Dernier Lapon, *Olivier Truc*
P3104. Cool, *Don Winslow*
P3105. Les Hauts-Quartiers, *Paul Gadenne*
P3106. Histoires pragoises, *suivi de* Le Testament
Rainer Maria Rilke
P3107. Œuvres pré-posthumes, *Robert Musil*
P3108. Anti-manuel d'orthographe. Éviter les fautes
par la logique, *Pascal Bouchard*
P3109. Génération CV, *Jonathan Curiel*
P3110. Ce jour-là. Au cœur du commando qui a tué Ben Laden
Mark Owen et Kevin Maurer
P3111. Une autobiographie, *Neil Young*
P3112. Conséquences, *Darren William*
P3113. Snuff, *Chuck Palahniuk*
P3114. Une femme avec personne dedans, *Chloé Delaume*
P3115. Meurtre au Comité central
Manuel Vázquez Montalbán
P3116. Radeau, *Antoine Choplin*
P3117. Les Patriarches, *Anne Berest*
P3118. La Blonde et le Bunker, *Jakuta Alikavazovic*
P3119. La Contrée immobile, *Tom Drury*